DIE GRENZÜBERTRETUNG

EIN PREQUEL VOM BUCHCLUB DER VAMPIRE

NANCY WARREN

Ambleside Publishing

VORWORT

Die Grenzübertretung
Ein Prequel vom Buchclub der Vampire

Die Hexe Quinn Callahan aus Seattle wusste, dass sie sich nicht mit dem Tod anlegen durfte. Jetzt ist der Sensenmann in ihrem Buchclub aufgetaucht, und zwar nicht, um sich auf die Käseplatte zu stürzen oder sich an Klatsch und Tratsch zu erfreuen.

In diesem Prequel zum *Buchclub der Vampire*, einer Serie paranormaler Cozy-Krimis, erfahren Sie, wie Quinn den umwerfenden irischen Vampir Lochlan Balfour kennenlernte und sich mit ihm verbündete.

„Dieses Prequel hat den Rahmen für eine fantastische Lektüre geschaffen. Ich kann die Bücher von Nancy nur wärmstens empfehlen! Man kann sie einfach nicht mehr aus der Hand legen!!!" *****

Melden Sie sich zu Nancys spamfreien Newsletter auf Nancy-WarrenAuthor.com an und erhalten Sie gratis die Geschichte von Rafe, dem hinreißend attraktiven Vampir aus der Serie *Der Strickclub der Vampire.*

Werden Sie Teil von Nancys privater Gruppe auf Facebook, wo wir uns über Bücher, Stricken, Haustiere und das Leben an sich austauschen. facebook.com/groups/NancyWarren-Knitwits

KAPITEL 1

*I*ch wusste, dass ich nicht gut daran tat, mich mit dem Tod anzulegen.

Mein ganzes Erwachsenenleben lang war ich eine praktizierende Hexe gewesen, also ließ ich mich gewiss nicht leichtfertig auf mächtige schwarze Magie ein. Doch als mein Ex-Mann und bester Freund im Sterben lag und unbedingt im Diesseits bleiben wollte, gewannen meine Gefühle die Oberhand über meine Vernunft.

Genau. Mein Ex-Mann. In Wirklichkeit hätten wir niemals heiraten sollen. Wir waren dazu bestimmt, Freunde zu sein. Und das waren wir. Nachdem unsere Ehe auseinandergegangen war, fand er die perfekte Frau für sich, und so seltsam es auch klingen mag, wir drei standen uns sehr nahe. Ihre beiden Töchter nannten mich von klein auf „Tante Quinn". Als ich also dem Tod ins Handwerk pfuschte, wollte ich vielleicht nicht nur meinen Ex retten. Ich versuchte auch, zwei Mädchen, die ich so sehr liebte, als wären sie meine eigenen Kinder, den Vater zu erhalten.

Die Berufung zur Hexe bringt eine gewisse Verantwortung mit sich. Die erste Regel lautet: Füge niemandem Schaden zu. Es gibt noch eine weitere, weniger bekannte Regel, die im Grunde besagt, dass man sich dem Tod nicht in die Quere stellen sollte. Doch in einem Moment der Schwäche und mit der aufrichtigen Absicht, Gutes zu tun, sprach ich einen Zauber aus, der sowohl äußerst mächtig als auch sehr gefährlich war. Ich war beinahe selbst überrascht, als er funktionierte. Meinem Ex ging es besser, und der Tumor hörte auf, seinen Körper zu zerfressen. Das feierten wir, aber trotz meiner Euphorie beschlich mich die Angst, dass ich irgendwann den Preis dafür bezahlen musste.

Leider war die Freude nur von kurzer Dauer. Ja, seine Remission schenkte ihm noch eine schöne Zeit mit seiner geliebten Frau und seinen Töchtern, aber am Ende starb er doch, und sie trauerten um ihn.

Und ich wartete.

Ein paar Monate lang geschah nichts. Ich dachte schon, ich hätte mich umsonst verrückt gemacht. Bis ich eines Abends den Roman für meinen Lesekreis las. Es war einer dieser erschütternden Frauenromane, und nachdem ich die Hälfte der Geschichte gelesen hatte, war ich mir ziemlich sicher, dass sie für niemanden gut ausgehen würde. Ich war sowieso schon deprimiert. Ich hatte meinen Ex-Mann verloren, der einer meiner besten Freunde gewesen war, und musste hilflos mit ansehen, wie seine Frau und seine Kinder mit ihrer Trauer zu kämpfen hatten. Das Letzte, was ich brauchte, war eine deprimierende Erinnerung daran, dass das Leben manchmal wirklich beschissen ist.

Ich legte das Buch weg, stand auf und streckte mich. Auf der Suche nach einer leichten Lektüre, bei der am Ende alles gut ausging, stöberte ich in meinem Bücherregal.

Meine Finger glitten über die nebeneinanderstehenden Werke. Es war eine vielseitige Mischung, von Liebesromanen und Krimis bis hin zu Kochbüchern, Büchern über Kräuter und Öle und Düfte, die alle nützlich für mein Handwerk waren. Und dann berührten meine Fingerspitzen mein Grimoire. Mit fünfundvierzig Jahren war ich daran gewöhnt, von der Macht überrascht zu werden. Doch jetzt sah ich Funken und zog meine Hand weg, weil ich das Gefühl hatte, meine Fingerspitzen würden brennen. Ich erschauderte, denn ich wusste, dass *jener* Zauber dort drin war. Der Todeszauber, wie ich ihn jetzt nannte.

Wäre es nicht ein altes und faszinierendes Grimoire gewesen, wäre ich möglicherweise auf den Gedanken gekommen, das Zauberbuch wegzuwerfen. Schon die Berührung des dunkelblauen Ledereinbandes erinnerte mich daran, was ich getan hatte. Ich hatte keine Lust mehr zu lesen. Ich ließ mir ein heißes Bad ein und gab etwas von meinem selbstgemachten speziellen Öl hinzu, das sowohl therapeutische als auch magische Wirkung hatte. Vielleicht würde ein Bad mir helfen, mich von meiner Nervosität zu befreien.

Als ich mich vom Bücherregal abwandte, zuckte ich vor Schreck zusammen und ein Schrei blieb mir in der Kehle stecken.

Ein Fremder stand dort. Mitten in meinem Wohnzimmer in Seattle.

„Wer sind Sie?" Vielleicht nicht die originellste Reaktion, aber erstaunlicherweise ist dies der erste Gedanke, wenn ein wildfremder Mann bei einem im Wohnzimmer steht.

Er sah weder bedrohlich noch gefährlich aus. Er hatte ein freundliches Gesicht, kurzes, dunkles Haar und trug eine schwarze Hose, schwarze Schuhe, ein weißes Hemd und ein

Sakko ohne Krawatte. In seiner rechten Hand hielt er eine Aktentasche. Er sah aus wie ein Buchhalter oder ein Anwalt, der sich zufällig in mein Wohnzimmer verirrt hatte.

Nur dass ich meine Türen immer abschloss.

„Ich bin Arthur", sagte er.

Ich hatte keine Waffen im Haus, aber dafür hatte ich besondere Kräfte, also war ich eigentlich nicht verängstigt, sondern eher verblüfft. „Was wollen Sie in meinem Haus, Arthur?"

Ein Lächeln trat auf sein Gesicht. „Ich glaube, das weißt du."

Okay, langsam verspürte ich ein ungutes Gefühl in der Magengrube. Ich konnte mir denken, warum er hier war, aber ich wollte nicht ohne Umschweife fragen, ob er der Tod persönlich war oder irgendein kleiner Handlanger, der in dessen Diensten stand. „Ich weiß es wirklich nicht."

„Ich bin ein Schuldeneintreiber."

„Meine Rechnungen sind alle bezahlt."

Er schüttelte den Kopf. „Nicht die, die ich meine. Du hast das Schicksal eines Mannes verändert. Das verstößt sowohl gegen die Regeln deiner als auch meiner Welt. Gregory Chambers sollte an einem bestimmten Tag und zu einer bestimmten Zeit sterben." Er hielt inne und öffnete seine Aktentasche. Darin befand sich ein Tablet, das zwar elektronisch aussah, es aber wahrscheinlich nicht war. Er schaute einen Augenblick lang darauf. „Wegen deines Eingreifens wurde sein Tod um einundsechzig Tage verschoben." Er blickte zu mir auf, als ob ich ihm seine Fakten streitig machen wollte.

Ich holte tief Luft und richtete meine Wirbelsäule auf, sodass ich meine volle Größe erreichte. „Ein paar Wochen haben doch wohl kaum einen Unterschied gemacht." Ich wollte nicht zugeben, dass ich seinen Tod hinausgezögert hatte, aber zugleich wollte ich einen Mann, der das Leben und den Tod aller Menschen auf diesem magischen Tablet hatte, nicht anlügen. Das wäre dumm gewesen.

„Aber du weißt nicht, was du durch deine Einmischung alles verändert hast. Mein Chef ist sehr verärgert und muss an dir ein Exempel statuieren. Ich bin hier, um dein Leben einzufordern."

Ich war ja auf einiges gefasst gewesen, aber nicht darauf. Ich starrte ihn an. „Du bist genauso witzig wie ein Herzinfarkt."

Er bewegte seinen Kopf hin und her, als wäre er ein Italiener, der zwischen zwei Sorten Pasta wählen sollte. „Ich hatte zwar an ein Hirnaneurysma gedacht, aber klar. Ein Herzinfarkt geht auch."

Also, so hatte ich das eigentlich nicht gemeint. „Hör mal: Warum lässt du mich nicht mal mit deinem Chef sprechen? Wir können das bestimmt regeln. Ich habe meine Lektion gelernt. Ich verspreche, dass ich so etwas nie wieder tun werde."

Er sah mich an, als hätte ich nicht mehr alle Tassen im Schrank. „Meinen Chef wirst du schon kennenlernen. Aber zuerst musst du sterben."

„Okay. Das ist der Aspekt, mit dem ich mich nicht so recht anfreunden kann. Ich habe eine bessere Idee. Du könntest deinem Chef doch meine Nachricht überbringen und ihn bitten, mir noch einmal eine Chance zu geben."

Seine Mundwinkel hoben sich leicht zu einem Lächeln, das so ausdruckslos war, dass es Angst machte. „Der Tod gewährt niemandem eine zweite Chance."

„Es gibt für alles ein erstes Mal!", sagte ich mit der fröhlichsten Stimme, die ich zustande bekam.

„Es tut mir leid, Quinn Callaghan. Deine Zeitspanne wurde korrigiert. Das, was dir auf Erden zusteht, sind fünfundvierzig Jahre. Aber keine Sorge, wir sehen uns bald wieder."

Mit erhobener Hand trat er auf mich zu, und ich dachte nicht lange nach. Bevor er eine Ader in meinem Gehirn platzen lassen konnte, schrie ich so laut ich konnte „Nein!", streckte gleichzeitig meine rechte Hand nach vorn und beschwor all meine Kraft herauf, um das abzuwehren, was er mir entgegenschleuderte. Ich hatte keine Ahnung, ob ich die Kraft und die Macht hatte, einen der Boten des Todes zurückzuschlagen, aber ich hatte nichts zu verlieren.

Meine Hand brannte, als ob sie in Flammen stünde. Es war wie das Kribbeln, das ich bei der Berührung meines Grimoires verspürt hatte, nur eine Million Mal stärker. Der Schmerz war so groß, dass mir die Tränen in die Augen schossen, aber ich konnte mich nicht zurückhalten. Es gab einen Moment, in dem meine Kraft mit seiner kollidierte und es mitten in meinem Wohnzimmer zu einer Art riesigen Explosion kam. Alle Lichter gingen aus. Und es ertönte ein Grollen wie bei einem kleinen Erdbeben.

Als es vorbei war, lag ich auf dem Boden. Ich wusste nicht einmal, wie ich dort hingekommen war. Und ich war allein.

KAPITEL 2

*I*ch schaute mich um, aber abgesehen von einem leichten Brandgeruch gab es keinen Hinweis darauf, dass Arthur jemals dagewesen war. Wenn nicht alle Fingernägel meiner rechten Hand schwarz angesengt gewesen wären, hätte ich glatt denken können, ich hätte mir alles nur eingebildet.

Ich vergeudete keine einzige Minute. Ich kramte jeden Schutzzauber hervor, den ich kannte, und legte rings um das Haus, und ganz besonders gründlich auf den Fensterbänken und in den Türrahmen, eine Spur aus Salz und Magie, die das Böse fernhalten sollte.

Nicht, dass der Tod böse gewesen wäre, aber in diesem Moment standen wir definitiv nicht im besten Verhältnis zueinander.

Ich meldete mich in der Anwaltskanzlei, in der ich als Bibliothekarin arbeitete, krank und blieb zwei Tage lang zu Hause.

Zwei Tage, also achtundvierzig Stunden, in denen ich ständig nervös und auf der Hut war. Irgendwann wurde mir dann klar, dass ich genauso gut tot sein könnte, wenn ich mich in meinem Haus einmauerte, als wäre es ein Sarg. Ich hatte dem Tod eine Nachricht geschickt, und vielleicht war das alles, was ich tun musste.

Ich konnte mein Leben, was auch immer davon übrig war, als freie Frau leben.

Zumindest hoffte ich das. Nur für den Fall, dass Arthur vorhatte, zu Ende zu bringen, was er begonnen hatte, fuhr ich nach Fremont zu meiner guten Freundin Diana List, die auch Vorsteherin unseres Hexenzirkels war. Diana wohnte in einem gelben Cottage mit einem üppigen Vorgarten, in dem Kräuter, Gemüse und Blumen eine wilde Mischung aus verschiedenen Düften und Farben boten. Sie öffnete die Tür in einem fließenden schwarzen Leinenkleid, das von ihrem Silberschmuck betont wurde. Sogar ihr Haar war silbern und fiel in sanften Locken herab. In meinen blauen Hosen und dem weißen Pullover kam ich mir regelrecht business-like vor.

„Du kommst besser rein!" Wow. Diana war nicht so freundlich wie sonst. Im Gegenteil, sie war geradezu abweisend. Natürlich wusste ich, dass sie eine mächtige Hexe war, aber das hatte ich noch nie so sehr gespürt wie an diesem Nachmittag. Ihr Wohnzimmer war ein einziges Durcheinander aus Kristallen, Kerzen, Büchern und bunt zusammengewürfelten Möbelstücken. Ich konnte die Kräuter riechen, von denen ich wusste, dass sie in ihrer Küche trockneten.

Sie bat mich nicht, mich zu setzen, also blieb ich stehen. Ich tat so, als würde ich ihre Kälte nicht bemerken, und erzählte ihr alles, was passiert war, seit ich den Zauber gesprochen hatte, um Greg zu retten. „Ich brauche deine Hilfe, Di. Zusätzlichen Schutz. Was auch immer du hast."

„Ich hatte schon das Gefühl, dass etwas nicht stimmte", sagte sie und sah mich an, als wäre sie sehr enttäuscht von mir. „Aber *das* habe ich mir nun wirklich nicht vorgestellt. Quinn, was hast du dir dabei gedacht? Den Tod herauszufordern?"

Wenn sie es so ausdrückte, klang es tatsächlich so, als hätte ich eine riesige Dummheit begangen. Ich versuchte zu erklären, dass ich nicht nachgedacht, sondern mich von meinen Gefühlen hatte leiten lassen. Aber meine Ausreden interessierten sie nicht.

„Gefährliche, dumme, verhängnisvolle Hexe", sagte sie zu mir. „Du hast den Tod zu uns gebracht. Wir haben ganz klare Regeln. Der Tod hat sein Reich. Wir haben unseres. Niemals, niemals mischen wir uns in seine Arbeit ein. Und jetzt hast du genau das gemacht. Du hast die Pforte zwischen unseren beiden Welten geöffnet."

„Ach, komm schon! Jetzt mach es mal nicht so dramatisch! Der Tod begegnet uns jeden Tag. Liest du keine Todesanzeigen?"

Sie warf mir einen kalten Blick zu. „Das ist nicht dasselbe, und das weißt du."

„In Ordnung. Ich habe Mist gebaut, das gebe ich zu, aber ich glaube wirklich nicht, dass das ein Verbrechen ist, für das ich den Tod verdient habe. Was soll ich nur tun?"

„Ich weiß es nicht. Ich war noch nie in so einer Situation. Alle Hexen, die ich bisher kannte, hatten Verstand genug, um sich von derartigen Problemen fernzuhalten."

Ich erzählte ihr davon, wie ich Arthur mit meiner Magie aus meinem Haus vertrieben hatte. „Alles, was ich brauche, ist etwas, das mich vor ihm schützt. Komm schon, das ist doch keine schwarze Magie. Schutz ist etwas Gutes. Ich bin eine deiner Schwestern und eine gute Freundin ...“

Sie hielt einen Finger hoch und wedelte damit vor meiner Nase. „Wage es nicht zu sagen, ich würde dir etwas schulden. Sage diese Worte bloß nicht. Denn das stimmt nicht. In dem Moment, als du dich auf etwas so Gefährliches eingelassen hast, ohne überhaupt erst mit mir darüber zu sprechen, hast du unsere Freundschaft zunichte gemacht.“

Wow. Das war harsch. Ich trat einen Schritt zurück und fühlte mich innerlich kalt und zutiefst verletzt. Ich wandte mich zum Gehen, doch ihre Stimme rief mich zurück.

„Warte!“ Ich drehte mich um und sah, dass sie tief beunruhigt aussah. „Komm her!“

Ich ging näher heran. Sie nahm ein Silberarmband von ihrem linken Handgelenk und griff nach meiner Hand.

Ich zog sie zurück. „Das kann ich nicht annehmen. Es ist dein Schutzzauber.“

„Das ist das Stärkste, was ich habe. Und du brauchst es viel dringender als ich.“ Dann schüttelte sie den Kopf. „Folge mir!“

Sie führte mich die Treppe hinauf in den ausgebauten Dachboden ihres Hauses, der ihr Zauberzimmer war. Ein Kreis aus schwarzen Kerzen wartete bereits auf uns. Ich schaute sie an.

„Du wusstest, dass ich kommen würde.“

„Ich hatte eine Vision.“

„Das tut mir leid.“

„Stell dich in die Mitte des Kreises“, sagte sie, als würde sie mich auf den stillen Stuhl schicken.

Mit gesenktem Kopf tat ich, was sie verlangte. Sie gesellte sich zu mir und zog dann den Kreis, wobei die Flammen der

Kerzen augenblicklich zum Leben erwachten. Sie griff nach meiner Hand, und als ihre Finger das silberne Armband an meinem Handgelenk umschlossen, spürte ich die Kraft in meinen Adern pulsieren, und sofort sah ich im Geiste eine Wand aus Energie, die mich umgab.

Diana schloss ihre Augen und atmete tief durch. Ich tat dasselbe. Ihre Stimme war tief und voll.

„Geister der Luft, des Feuers, des Wassers und der Erde,
Macht, dass dieser trotzigen Tochter geholfen werde,
Vor dem Bösen und der Finsternis sollt ihr sie bewahren,
wo immer sie ist, soll ihr nichts Schlimmes widerfahren.
So will ich es, so soll es sein."

Ich hörte etwas, das sich anhörte wie das Rauschen des Windes, und als ich die Augen öffnete, sah ich, wie die Kerzen alle auf einmal ausgingen. Ich zitterte, so kalt war es plötzlich. „Warst du das?", fragte ich mit dünner Stimme.

Diana drehte sich zu mir um. „Nein."

Oh, das konnte nichts Gutes bedeuten.

Als ich ihr Haus verließ, sagte Diana: „Das ist noch nicht das Ende, Quinn. Ich muss mich an die höhere Ebene wenden."

Seit wann war die übernatürliche Welt so bürokratisch? Der Tod schickte Leute mit Aktenkoffern und Tablet-Computern herum, und die Schwester meines Hexenzirkels sprach davon, auf höherer Ebene von meinem Fehler zu berichten. Auf genau diese Art und Weise gingen wir in meiner Kanzlei mit Disziplinarmaßnahmen um. Zweifellos hatte der Hexenrat seine eigenen Ermittlungs- und Disziplinarabteilungen. Interne Hexenangelegenheiten. Das hatte mir gerade noch gefehlt.

Aber sie machte ja nur ihre Arbeit, also nickte ich.

„Sei gesegnet", sagte sie, als ich ging.

Noch nie hatten diese Worte so große Bedeutung gehabt. Ich drehte mich noch einmal zu ihr um. „Sei gesegnet", antwortete ich.

DRAUßEN AUF DIE Straße regnete es. Das war in Seattle nichts Neues. Einen Schirm hatte ich nicht mit. Ich besaß gar keinen. Ich hatte nie eingesehen, wozu ich einen brauchen sollte. Man wurde nass. Man wurde wieder trocken. Das war einfacher, als mir zu merken, wo ich die Regenschirme hingelegt hatte – und was machte man überhaupt mit denen, wenn sie nass waren?

Ich stieg wieder in mein Auto und fuhr zu meinem Haus in Capitol Hill.

Wenigstens hatte ich in den achtundvierzig Stunden, die ich zu Hause eingemauert war, das Buch für den Literaturkreis zu Ende gelesen. Wir wollten uns an diesem Abend bei Jane Eddington zu Hause treffen. Jane lebte mit ihrem Mann Ronald im Stadtteil Queen Anne Hill in einem schönen alten Herrenhaus.

Sie war auch diejenige, die normalerweise die Bücher auswählte. Jane war eine pensionierte Literaturprofessorin der Universität Washington. Sie und ihre ehemalige Kollegin Frances Sheehy waren die intellektuellsten unter uns. Jane hatte ein wunderschönes Haus und kochte gern, also ließen wir uns von ihr düstere Geschichten mit moralischem

Unterton aufdrängen. Als Abteilungsleiterin war Jane Frances' Vorgesetzte gewesen, und es war komisch, wie sie immer noch Autorität über sie ausübte. Frances versuchte oft genauso wie wir alle, leichtere Kost vorzuschlagen, aber Jane setzte sich meistens durch. „Happy Ends eignen sich für oberflächliche, bedeutungslose Romane", sagte sie, als wären wir ihre Studentinnen, „aber wir lernen viel mehr, wenn wir in die dunkelsten Teile der menschlichen Psyche vordringen." Und so lasen wir zu guter Letzt doch immer wieder eine erschütternde Geschichte über Tod, Verzweiflung und Wahnsinn.

Das Beste am Buchclub war das Essen. Keine von uns würde zugeben, dass wir in Konkurrenz zueinander standen, aber das, was als einfaches *Potluck* begonnen hatte, bei dem die eine selbstgebackene Brownies und die andere eine Käseplatte mitbrachte, hatte sich inzwischen zu einer Gourmet-Veranstaltung entwickelt. Ich aß gar nicht erst zu Abend, bevor ich losging.

Da ich achtundvierzig Stunden zu Hause verbracht hatte, hatte ich nicht nur das Buch gelesen, sondern auch auf Epicurious nach gewagtem Fingerfood gesucht und Ziegenkäse-Kroketten mit würzigem Membrillo entdeckt. Membrillo entpuppte sich als Quittenpaste, und ich verbrachte den größten Teil des Tages damit, bei der Zubereitung des Rezepts alles richtig zu machen. Dann lege ich meine Kroketten auf einen blaugelben, handgetöpferten Teller. Ganz beiläufig stellte ich meinen Beitrag auf den Esstisch aus Nussbaumholz. Die Grafikerin Kanako hatte ihr selbstgemachtes Sushi mitgebracht. Maya, die Ärztin war, begeisterte uns mit Polenta mit Fontina-Käse und selbst gepflückten Wildpilzen – kein Scherz! Als Letzte traf die tropfnasse und um Entschuldigung bittende Kimberlee ein. Sie war Mitte zwanzig und Janes Schützling. Sie arbeitete an ihrer Doktorarbeit in Literatur und würde zweifellos eines Tages in Janes Fußstapfen treten.

Wir ließen uns in Janes Wohnzimmer nieder. Ich saß in einem der goldenen Samtsessel inmitten von unschätzbar wertvollen Antiquitäten, die ordentlich auf einem Aubusson-Teppich standen. Lampen aus Kristall erhellten den Raum.

Wir tranken alle Wein – abgesehen von Jane, die immer nur Scotch aus einer Waterford-Karaffe trank, die zwischen ihren vielen Auszeichnungen und Fotos auf einem Sideboard stand.

„Bevor wir anfangen, sollten wir den nächsten Roman auswählen, den wir lesen", sagte Jane. Sie sah uns alle über ihre Lesebrille hinweg an. „Vorschläge?"

Ich machte mir gar nicht erst die Mühe, Bücher vorzuschlagen. Ich war schon zu abgewürgt worden. Kimberlee war zu beeindruckt von Jane, um überhaupt einen Roman vorzuschlagen, obwohl sie Hunderte davon lesen musste. Kanako schlug den neuen Roman einer indischen Autorin vor. „Die New York Times hat ihn als ‚lebensbejahend und bahnbrechend' bezeichnet."

Jane rümpfte die Nase. „Das ist eine Übersetzung."

Frances griff in ihre Tasche und zog ein gebundenes Buch mit einem schönen Einband heraus. Ich wurde stutzig, als ich sah, dass die Farben nicht nur Grau- und Schwarztöne waren.

„Ich würde gerne *Die Prangerstraße* vorschlagen. Das ist das erste Buch einer jungen Frau, die als Geflüchtete in dieses Land gekommen ist, und über Frauen schreibt, die alle Widrigkeiten erfolgreich überwunden haben. Es ist einer der besten Romane, den ich in den letzten zehn Jahren gelesen habe, und außerdem wurde er für den National Book Award nominiert."

Jane streckte ihre Hand aus und Frances reichte ihr den Roman. Nachdem sie einen Blick auf den Klappentext geworfen hatte, schlug Jane das Buch auf und betrachtete die erste Seite. Ich glaube, wir alle hielten den Atem an, in der Hoffnung, einen Roman zu lesen, in dem es noch einen Hoffnungsschimmer für die menschliche Existenz gab. Einen Augenblick später rümpfte Jane die Nase. „Nullachtfünfzehnprosa", erklärte sie und gab das Buch zurück.

Dann nahm sie einen Roman vom Tisch neben sich. Der Titel lautete *Dunkler als der Tod*, und auf dem Cover war natürlich eine Skizze in Schwarz und Grau zu sehen. Schon allein der Anblick löste Depressionen bei mir aus. „Dieser Roman aus der Perspektive einer vermeintlich geisteskranken Frau im viktorianischen London ist eine Studie über Verrat und Wahnsinn." Sie blickte uns noch einmal der Reihe nach an. „Ich habe mir erlaubt, ein Exemplar für jede von uns zu bestellen."

Ende der Diskussion.

Wir machten eine Pause, um unsere Weingläser nachzufüllen und dann den Depressionsmarathon dieser Woche zu diskutieren. Wenn die Diskussion zu düster wurde, versuchte ich, an Welpen und lachende Babys zu denken.

Ab und zu streute ich ein paar Bemerkungen ein, damit alle wussten, dass ich das Buch gelesen hatte. Auch an den Ansichten über die Lektüre, die die einzelnen Frauen einbrachten, fand ich Gefallen, und ich mochte diese Frauen wirklich, aber es war trotzdem eine Erleichterung, als wir eine Essenspause einlegten.

Janes Ehemann Ronald Eddington war Geschichtspro-

fessor im Ruhestand und spielte bei diesen Zusammen-
künften den Ober und Weinkellner. Er reichte mir einen
Porzellanteller und eine Leinenserviette, die um – das
Besteck aus Sterlingsilber gewickelt war, und ich bediente
mich an den Leckereien. „Ronald, hast du diesen Salat
gemacht?"

„Ja. Grünkohl mit Haselnüssen und Cranberrys."

„Lecker. Du solltest unserem Buchclub beitreten. Wo du
doch eh schon hier bist."

Sein Lachen war so trocken und farblos wie er selbst.
„Romane sind Janes Reich. So war es schon immer." Ich hatte
das Gefühl, dass es ihm verboten war, sich uns
anzuschließen.

Wir setzten uns mit unserem Essen wieder hin und
Ronald füllte unsere Gläser auf. Ich fragte Kanako nach einer
Protestaktion, an der sie sich beteiligte, um ein paar Bäume
in ihrem Bezirk vor einem Bauunternehmen zu retten.

Frances und Maya unterhielten sich über ein Theater-
stück, das sie beide gesehen hatten, und Jane fragte
Kimberlee nach ihrer Diplomarbeit.

Plötzlich gab Jane einen seltsamen Laut von sich. So, wie
wenn eine Katze einen Haarballen herauswürgt.. Mit weit
aufgerissenen Augen stand sie auf und sah vollkommen
überrascht aus.

„Jane, was ist los?", fragte Kimberlee.

Zögernd stand ich auf und fragte mich, ob sie wohl dabei
war zu ersticken. Sie taumelte ein paar Schritte vorwärts und
sackte dann zu Boden.

Maya war sofort auf den Knien an Janes Seite. „Ruft den
Notruf!", schrie sie. Kanako war bereits am Telefon, und

nachdem sie schnell geschildert hatte, was passiert war, gab sie die Adresse an.

„Der Krankenwagen ist auf dem Weg", sagte sie.

Aber es war zu spät.

Das wusste ich schon, bevor Maya sich auf die Fersen hockte und den Kopf schüttelte. Ich hatte es gespürt. Jane war von uns gegangen.

„Was hat sie?", fragte Frances, die sich die Hände auf die Brust gelegt hatte.

„Sie ist tot", sagte Maya.

„Woran ist sie gestorben?", fragte Kimberlee mit schriller Stimme. „Noch vor wenigen Minuten hat sie hier gesessen und mit mir über meinen Doktorvater geredet. Es ging ihr gut."

Die Ärztin schüttelte den Kopf. „Sobald wir sie ins Krankenhaus gebracht haben, wissen wir mehr. Ich tippe auf ein Hirnaneurysma."

KAPITEL 3

*N*achdem die Leiche weggebracht worden war, kam ein junger Polizeibeamter, der uns alle kurz zu dem befragte, was wir gesehen hatten, und als er von jedem von uns die gleiche Geschichte hörte, nahm er unsere Namen und Kontaktinformationen auf und wir durften gehen. Ronald wirkte geschockt, und obwohl Frances und Maya anboten, bei ihm zu bleiben, schüttelte er den Kopf. „Ich habe eine Schwester. Ich rufe sie an."

Als wir schließlich alle gemeinsam gingen, brachten wir noch einmal unsere Betroffenheit und unser Mitgefühl zum Ausdruck. Kanako drehte sich um. „Ich war so aufgelöst, dass ich mein Telefon vergessen habe." Sie machte eine hilflose Geste. „Wir hören uns bald wieder." Und dann ging sie zurück.

Nicht nur das Entsetzen plagte mich, sondern auch das schlechte Gewissen. Mein Herz schlug bis zum Hals, und auch wenn ich den Tod noch nie besonders gemocht hatte, so hatte ich ihn doch noch nie so abgrundtief gehasst wie in diesem Moment.

Verzweifelt fuhr ich schnurstracks nach Hause zurück. Ein Hirnaneurysma? Echt jetzt? Ein Hirnaneurysma?

Meine Schlüssel klapperten in meiner Hand, als ich meine Haustür aufschloss. Ich war völlig aufgelöst. Normalerweise lebte ich gern allein, aber jetzt wünschte ich mir, ich hätte jemanden, zu dem ich nach Hause kommen könnte. Wenigstens eine Katze. Im Laufe der Jahre hatte ich einige Vertraute gehabt, aber die letzte war nicht bei mir geblieben, und eine neue musste ich erst noch finden. Eigentlich müsste sie mich finden. Meiner Erfahrung nach war das immer so.

Ich wünschte, sie würde mich jetzt finden. Vertraute waren nicht immer Katzen. Ich würde einen Igel, ein Stachelschwein oder eine Ratte umarmen, wenn sie mir irgendwie Trost spenden würden.

Ein paar Minuten lang ging ich auf und ab und rief dann: „Arthur!"

Nichts.

„Arthur, ich wette, du kannst mich hören. Ich weiß, dass du noch da bist. Zeige dich, ich befehle es dir!"

Ob ich dem Handlanger des Todes Befehle erteilen konnte? Ich wusste es nicht. Aber ich hatte eine Riesenwut und war hochkonzentriert. Ich wartete darauf, dass er wie beim letzten Mal mitten in meinem Wohnzimmer auftauchte, aber stattdessen klopfte es an der Tür.

Ich schaute durch mein Guckloch, und da stand Arthur, der aussah, als wäre er hier, um meinen Computer zu reparieren oder meine Versicherungsangelegenheiten zu besprechen. Ich riss die Tür auf. „So höflich auf einmal?"

Er deutete auf die Salzspur auf dem Boden am Eingang. Das war das erste bisschen Freude an diesem Abend. Mein Schutzzauber hatte also funktioniert. Gut. Ich würde ihn ganz sicher nicht dazu auffordern, über die Schwelle zu treten. Stattdessen stand ich mit verschränkten Armen da und starrte ihn böse an. „Was zum Teufel willst du mir antun?"

Er wirkte leicht verblüfft. „Wie bitte?"

„Du hast eine Frau in meinem Buchclub mit einem Hirnaneurysma getötet. Was für eine Botschaft willst du mir damit zukommen lassen? Willst du alle meine Freundinnen töten, bis ich mich bereit erkläre, mich dir zu opfern?"

Er blinzelte und sein Blick wurde misstrauisch. „Ich weiß nicht, wovon du redest."

Ich löste meine verschränkten Arme und stemmte die Hände in die Hüften.

„Spiel ja keine Spielchen mit mir! Warum hast du diese Frau getötet? Was hat Jane Eddington dir denn getan?"

Er schüttelte den Kopf. „Ich kann dir wirklich nicht folgen."

Mit übertriebener Geduld sagte ich: „Jane Eddington. Heute Abend im Buchclub in Queen Anne Hill. Wegen eines Hirnaneurysmas ist sie direkt vor meinen Augen tot umgefallen. Kommt dir das bekannt vor?"

Er öffnete seine stets griffbereite Aktentasche und holte das seltsame Tablet heraus. Nachdem er kurz mit den Fingern darauf herumgetippt hatte, sah er zu mir auf. „Damit hatte ich nichts zu tun."

Ich wollte ihm wirklich glauben, aber das Ganze war einfach ein zu großer Zufall. „Du hast mir gesagt, dass du mich mit einem Hirnaneurysma umbringen willst, aber danke der Magie konnte ich dich aus meinem Haus vertreiben. Drei Tage später gehe ich zu einem Treffen meines Buchclubs, und eine völlig gesunde Frau fällt vor meiner

Nase tot um – und gestorben ist sie an einem Hirnaneurysma. Und du willst mir weismachen, dass das reiner Zufall ist?"

So sehr ich ihm auch glauben wollte, es war ein bisschen zu weit hergeholt.

Er starrte auf sein Tablet und sah dann mit verwirrtem Blick zu mir auf. „Warum meinst du, dass sie an einem Hirnaneurysma gestorben ist?"

Ich zuckte die Achseln. „Weil die Ärztin gesagt hat, dass das die wahrscheinlichste Todesursache wäre. Warum?"

Ein unschuldiger Ausdruck trat auf sein Gesicht. „Nur so."

„Komm schon! Du arbeitest doch für den Tod. Du musst wissen, woran die Frau gestorben ist."

„Aber es steht mir nicht zu, diese Information mit Sterblichen zu teilen."

„Du gehst mir echt auf die Nerven, weißt du das?"

„Glaube mir, das beruht auf Gegenseitigkeit."

Er drehte sich um und wollte sich gerade von meiner Türschwelle entfernen, als ich ihn aufhielt. „Moment! Willst du damit sagen, dass du nicht versuchst, mich zu manipulieren, damit ich deinen Forderungen nachkomme?"

„Ich bin nur befugt, bestimmte Leben zu nehmen. Mein Vertrag lässt mir nicht viel Spielraum."

Ich wollte ihn noch mehr fragen, aber er war schon weg. „Danke, dass du vorbeigeschaut hast", rief ich in die leere Straße.

Na super. Einfach fantastisch. Ich knallte meine Haustür zu. Ich wusste nicht, was ich tun sollte. Was hatte das zu bedeuten? Hatte Arthur mir die Wahrheit gesagt? Oder war das alles Teil eines ausgeklügelten Spiels? Ich nahm an, dass er mir nicht viel antun konnte, solange ich hinter meinem Schutzwall blieb. Vielleicht musste er warten, bis ich mich draußen in der Öffentlichkeit befand, wo ich angreifbar war.

Aber als meine Empörung nachließ, begann ich mich zu wundern.

Ich überlegte, ob ich Diana anrufen sollte, aber wir waren nicht mehr beste Freundinnen wie noch vor einer Woche. Ich zögerte, ob ich sie einweihen sollte. Und dann klingelte es zu meiner Überraschung und zu meinem Entsetzen an der Tür. Ich bekam so selten Besuch, dass es mir unglaublich vorkam, in so kurzer Zeit sogar zwei Besucher zu haben. Ich spähte noch einmal durch mein Guckloch und öffnete dann mit einem Schrei der Erleichterung die Tür.

„Diana", rief ich und war überglücklich, sie dort stehen zu sehen.

„Gott sei Dank, dass es dir gut geht."

„Ja. Aber ich bin sehr erleichtert, dich zu sehen."

„Mein Instinkt sagte mir, dass du in Schwierigkeiten steckst. Ich habe dir etwas mitgebracht."

„Ich bin so froh, dich zu sehen. Komm doch herein!"

Sie trat ein und sah sich um, wobei ihre Nasenflügel beim Einatmen bebten. „Hier ist etwas sehr Schlimmes passiert. Ich rieche Feuer."

„Habe ich dir doch gesagt. Es ist wegen der Begegnung mit Arthur."

„Du musst diesen Raum reinigen. Die Energie hier drin ist sehr schlecht."

„Das hat bei mir nicht gerade oberste Priorität." Und dann erzählte ich ihr, dass Jane vor meinen Augen tot umgefallen war. Im Lesekreis.

„Und du glaubst, Arthur hat sie getötet?"

Ich war gerade so verwirrt, dass ich nicht wusste, was ich glauben sollte.

„Zuerst habe ich das schon gedacht. Ich meine, ist das nicht ein großer Zufall? Er sagt mir, dass er mich mit einem Hirnaneurysma ausschalten wird, und dann fällt drei Tage später eine völlig gesunde Frau tot um. In unserer Gruppe gibt es eine Ärztin. Sie hat gesagt, es sei wahrscheinlich ein Hirnaneurysma gewesen."

Diana schob ihr silbernes Haar über ihre Schulter zurück. „Es könnte vieles sein. Ich bin zwar keine Ärztin, aber was ist mit einem Herzinfarkt? Was hat die Frau gerade gemacht, als sie gestorben ist?"

Ich dachte an diese letzten schrecklichen Momente in Janes Leben zurück. „Sie hatte gerade an ihrem Getränk genippt. Dann gab sie ein seltsames Geräusch von sich, stand auf, ging ein paar Schritte vorwärts und fiel tot zu Boden."

„Du und ich, wir kennen bestimmt fünfzig verschiedene Substanzen, die einen solchen Tod verursachen könnten."

Ein kalter Schauer lief mir über den Rücken. „Was willst du damit sagen?"

„Wenn ich dabei gewesen wäre, wäre ich wohl kaum von einem Hirnaneurysma ausgegangen. Ich hätte auf Gift getippt."

„Du meinst, Arthur hat sie vielleicht gar nicht getötet?"

Sie sagte: „Ich glaube, wir sollten uns eher in ihrem näheren Umfeld umsehen. Ich vermute, dass die Frau ermordet wurde."

KAPITEL 4

*B*evor sie ging, zog Diana ein Päckchen aus ihrer Tasche. Es war ein blauer Seidenbeutel, der mit einem Band zugeschnürt und mit Monden und Sternen verziert war. Sie sagte: „Leg das heute Abend unter dein Kopfkissen. Und achte auf deine Träume."

Ich nahm das Säckchen in die Hand und spürte – so verrückt es sich auch anhört –, dass ein Gefühl von ihm ausging. Ich hätte nicht sagen können, welches Gefühl es war, ob Traurigkeit oder Trost. Nein, es war Neugierde.

Ich sah sie an und stellte fest, dass sie mich mit scharfen Augen musterte. „Du spürst es, nicht wahr?"

Ich nickte. „Was ist in diesem Säckchen?"

„Das ist eine ganz besondere Mischung, die ich selbst kreiert habe. Eines Tages verrate ich es dir."

Da wusste ich, dass sie immer noch wütend auf mich war. Früher hätte sie mir ihre Geheimnisse sofort anvertraut.

Sie streckte ihre Hand aus und berührte meinen Arm, dann ließ sie die Hand hinuntergleiten, bis sie das silberne Armband umschloss. Ihre Finger waren stark und warm und vermittelten nicht nur Stärke, sondern auch Trost. „Ruf mich morgen früh an!"

Ich nickte.

Nachdem sie gegangen war, schloss ich die Tür ab, holte den Salbei heraus und führte eine Reinigungszeremonie durch, um die negative Energie zu vertreiben. Sie hatte recht. Die Luft fühlte sich schwer an, fast so, als müsste ich die negative Energie richtig hochheben, bevor ich die Tür öffnen und sie wieder in die Nacht hinausschicken konnte.

Danach nahm ich ein Bad, in das ich eine große Portion meiner persönlichen Mischung aus beruhigenden Ölen und Magie gab. Ich schloss die Augen und lehnte mich zurück. Die Düfte beruhigten mich und das Wasser lockerte die Muskeln in meinem Nacken und im oberen Teil meines Rückens.

Ich dachte an den Buchclub und den schrecklichen Moment, als Jane umgekippt war. War es möglich, dass sie ermordet worden war?

Aber Diana hatte recht. Ich war so schnell zu dem Schluss gekommen, dass Arthur Jane getötet hatte, um mir eine Botschaft zu vermitteln oder mich zu bestrafen, dass ich andere Möglichkeiten gar nicht in Betracht gezogen hatte. Außerdem hatte auch eine Ärztin voreilige Schlüsse gezogen, also konnte man mir eigentlich nicht vorwerfen, dass ich ihrer Vermutung gefolgt war.

Ich nehme an, dass Maya als Ärztin automatisch eine logische Schlussfolgerung zog. Wie oft kam es vor, dass jemand beim Treffen eines Literaturkreises im eigenen Haus vergiftet wurde? Aber wir Hexen hatten nicht viel mit Wissenschaft und objektiven Fakten am Hut und waren eher in einer weniger schwarz-weißen Welt zu Hause. In Anbetracht ihrer mysteriösen Todesumstände würde es zweifellos irgendeine Art von Untersuchung geben, wahrscheinlich eine Autopsie. Die würde uns alles sagen, was wir wissen mussten. Ich fragte mich nur, wie schnell das geschehen würde. In der Zwischenzeit musste ich herausfinden, was ihr zugestoßen war. Ich konnte nicht eher ruhen, bis ich sicher sein konnte, dass Dianas Version der Ereignisse stimmte und ich mit meiner verrückten Idee, dass Arthur das Leben dieser Frau irgendwie vorzeitig beendet hatte, falsch lag.

Und was, wenn Jane vergiftet worden wäre? Wie würden wir den Schuldigen finden?

Ich wusste nicht, warum ich diesen starken Drang verspürte, mich in eine Ermittlung einzumischen, die zweifellos Sache der Polizei war, aber ich tat es trotzdem.

Und nachdem ich fünfundvierzig Jahre lang versucht hatte, eine gute Hexe zu sein, hatte ich eines gelernt: Meine Instinkte durfte ich niemals ignorieren.

Ich blickte auf die flackernden Kerzen um die Badewanne herum, die durch den Dampf meines Bades ein wenig unklar zu sehen waren. Vielleicht war das meine Chance auf eine Wiedergutmachung dafür, dass ich mich mit dem Tod angelegt hatte. Wenn es mir gelang, das Rätsel um Janes Ermordung zu lösen, könnte ich vielleicht zumindest versuchen, diesen Fehler wieder auszubügeln.

Sofort ging es mir besser. Ich wurde schläfrig, also ließ ich das Wasser aus der Wanne, stieg heraus und trocknete mich mit einem meiner großen, flauschigen Handtücher ab. Ich machte mich bettfertig und holte das geheimnisvolle Säckchen, das Diana mir gegeben hatte. Ich hielt es an meine Nase und versuchte am Geruch zu erkennen, was darin war. Es enthielt Lavendel und definitiv Rosenblüten, einige

Gewürze und ... nein. Sie hatte etwas hinzugegeben, um mich zu veralbern. Ich hätte den Beutel öffnen und seinen Inhalt akribisch untersuchen können, aber ich entschied mich dagegen. Ich vertraute Diana, und sie war den ganzen Weg hierhergekommen, um mir das Säckchen zu geben.

Das Beste, was ich tun konnte, war, es unter mein Kopfkissen zu legen und zu hoffen, dass es mir einen erholsamen Schlaf bescherte. Den konnte ich gut gebrauchen.

Ich brauchte den Trost von Menschen, die ich gernhatte und die mich gernhatten, also kramte ich den Pyjama hervor, den ich als Nenntante von den Kindern zu Weihnachten geschenkt bekommen hatte. Er war aus leuchtend rotem Flanell und war mit Bildern von Scottie-Terriern übersät. Jedes Mal, wenn ich ihn sah, musste ich lächeln, und er war so warm wie eine Umarmung, wenn ich ihn anzog.

Ich hatte mir vorgestellt, dass mir das Einschlafen schwerfallen würde, nachdem ich gerade erst Zeugin eines Todesfalls geworden war, bei dem es sich möglicherweise um einen Mord handelte. Trotzdem ging ich ins Bett und vergewisserte mich, dass der Seidenbeutel, den Diana mir gegeben hatte, sicher unter meinem Kopfkissen lag. Ich atmete ein paar Mal ein und aus und nahm den leichten Lavendelduft wahr. Was hatte sie da noch hineingetan? Als würde ich ein Lieblingskuscheltier streicheln, rieb ich mit den Fingern über den Seidenbeutel. Mit Sicherheit waren dort Kristalle drin. Etwas Hartes, das aus Stein sein könnte, und Formen, bei denen es sich um Zweige handeln könnte. Der Regen prasselte sanft auf das Dach und das Geräusch war so beruhigend, dass ich einschlief.

~

VON EINEM KALTEN Schauer wurde ich geweckt. Ich öffnete meine Augen und stellte fest, dass ich nicht mehr in meinem Bett lag. Ich war – ich wusste nicht, wo ich war. Es sah aus wie eine Burgruine mit Steinboden und Gewölben, deren Glas schon längst nicht mehr da war. Es gab kein Dach, nur die gespenstischen Überreste von Wänden, die wie knochige Finger in den dunklen Himmel zu ragen schienen. Der Mond war teilweise von schweren, dunklen Wolken verdeckt, und nur ein paar Sterne durchdrangen die Finsternis.

Ich hatte kalte Füße. Ich schaute nach unten und stellte fest, dass ich barfuß war. Mein knallroter Schlafanzug sah in dieser alten Ruine grell und unpassend aus.

Plötzlich hatte ich das Gefühl, nicht allein zu sein, und als ich wieder aufblickte, stand ein Mann vor mir. Er war ganz in Schwarz gekleidet und sah aus wie ein Abenteuerheld aus einem Historiendrama in Schwarzweiß.

Er hielt einen Degen in der Hand.

Ich wartete, dass etwas passierte, aber er stand nur da und betrachtete mich. Schließlich fragte ich: „Wer sind Sie?"

„Ich wurde geschickt, um dich einzusammeln."

Was war ich denn? Etwa eine Recycling-Tonne? Oder alte Kleidung, die für wohltätige Zwecke gespendet wurde?

„Mich kann man nicht sammeln." Und da musste ich an all die kitschigen Sachen denken, die die Leute so sammeln. Puppen der Cabbage Patch Kids und Porzellanfiguren von Royal Doulton.

Er kicherte leise. Seine Stimme war kühl und britisch. „Du bist für meinen Herrn."

Der letzte Mann, der auf mysteriöse Weise vor mir erschienen war, hatte für den Tod gearbeitet. Mir schwante, dass sie beide für denselben Typen arbeiteten.

„Hat Arthur dich geschickt?"

Er klopfte mit der Spitze seines langen, glitzernden Degens auf den Stein neben seinem gestiefelten Fuß. „Arthur hat mir deinen Fall überlassen."

Ich war genauso wenig ein Fall wie ein Sammlerstück. Aber definitiv war ich gerade in Schwierigkeiten.

Ich tastete an meinem Handgelenk nach Dianas Schutzanhänger, aber das Armband hatte ich beim Baden abgenommen. Ich hatte vergessen, es wieder anzulegen.

Aber ich hatte immer noch meine angeborenen Fähigkeiten.

Arthur hatte geplant, mich mit einem Hirnaneurysma auszuschalten. Dieser Kerl schien eher von der alten Schule zu sein. „Was hast du vor? Willst du mich mit diesem Ding aufspießen?" Okay, ich klang sarkastisch, aber ich zitterte von Kopf bis Fuß, und das lag nicht nur daran, dass ich auf kaltem Stein stand.

„Deine Hexenschwester hat sich für dich eingesetzt. Wir haben uns darauf geeinigt, dir die Chance zum Kämpfen zu geben."

Ich war eine Frau mittleren Alters, die noch nie an einem Faustkampf teilgenommen hatte und nun barfuß einem Mann gegenüberstand, der etwas in der Hand hielt, das wie ein Degen für den Zweikampf aussah. Inwiefern sollte das hier meine Chance zum Kämpfen sein?

Als hätte er meine Gedanken gelesen, sagte er: „Schau dich mal um!"

Ich wollte ihm nicht den Rücken zuwenden, aber er stand ganz gelassen da, und ich nahm an, dass es nicht viel schlimmer war, von hinten erstochen zu werden als von vorne. Zumindest würde ich es nicht kommen sehen. Also drehte ich mich um. Auf einer Steinstufe hinter mir lag ein Degen, der genauso aussah wie seiner, daneben stand ein Paar Lederstiefel. Als Erstes zog ich die Stiefel an. Natürlich passten sie perfekt. Ich nahm den Degen in die Hand, obwohl ich keine Ahnung hatte, was ich damit anfangen sollte.

Ich drehte mich um und sah den Mann wieder an. „Das ist nicht ganz fair, weißt du? Es ist ja nicht so, dass man uns an der South Seattle Highschool das Fechten beigebracht hat."

„Pech."

„Also, wie läuft das überhaupt?", fragte ich, um Zeit zu gewinnen. Heimlich zwickte ich mich. Vielleicht würde ich so aus diesem Albtraum erwachen und wieder in meinem bequemen Bett in Seattle liegen. Aber obwohl ich mich so kräftig gekniffen hatte, dass ich sicher einen blauen Fleck bekommen würde, blieb ich in dieser kalten, steinernen Ruine und stand einem Mann gegenüber, der mich im Gefecht töten wollte. „Ich kann dich ja gar nicht töten. Du ziehst nur die Folter in die Länge."

Er schüttelte den Kopf. „Wir kämpfen fair. Du hast zwar recht damit, dass du mich genau genommen nicht töten kannst, aber wenn du mich erstichst, gewinnst du dein Leben zurück."

Oh, so einfach war es also. „Sollte ich nicht ein Handicap oder so etwas bekommen?" Ich weiß nicht, was ich mir dabei dachte. Das hier war doch kein Golfturnier.

Ein plötzlicher Donnerschlag am Himmel ließ mich zusammenzucken. „Da hast du deine Antwort", sagte mein Gegenüber. Er schob einen gestiefelten Fuß vor den anderen, hob die rechte Hand und hielt mit der linken den tödlichen Degen in meine Richtung. „*En garde!*"

„Warte! Ich bin noch nicht bereit." Und ich schaute zum Himmel hinauf. „Und du bist ganz schön dramatisch, findest du nicht?"

„Mein Herr ist ungeduldig. Wir müssen anfangen."

„Und wenn nicht?"

„Mein Herr wird dich einfach erschlagen, wenn du dich nicht auf dieses Duell einlässt."

Ich dachte mir, dass ich ein Wesen, das als unbeteiligter Zuschauer Donner und Blitz heraufbeschwören konnte, nicht unbedingt verärgern wollte. Ich ergriff meinen Degen und als ich ihn hochhielt, hoffte ich inständig, dass mein Arm von der Verzweiflung und meiner Verbindung zu all meinen Hexenschwestern geführt würde.

Ich murmelte:

„Meine Schwestern, wo immer ihr seid,
Führt mich zum Sieg, indem ihr mir eure Kräfte leiht.
Der Tod will mich holen vor meiner Zeit.
Ich will ihn schlagen, bevor es ist so weit.
So will ich es, so soll es sein."

Und dann spürte ich, wie mein Arm stärker wurde, und wie von selbst fanden meine Füße ihren richtigen Platz. So sehr ich mir auch wünschte, ich wäre in Lederhosen und einem weißen Blusentop ins Bett gegangen, so stand ich doch mit einem Degen in der Hand in Lederstiefeln und einem knallroten Pyjama da. Mit lauter Scotties bedruckt.

Er kam auf mich zu. Wieder kam mir der verrückte

Gedanke, dass ich irgendwie in einen Film mit Errol Flynn geraten war. Ich wich zurück, war aber nicht schnell genug, und unsere Degen trafen aufeinander. Der Stoß brachte meinen Arm zum Zittern, und trotz meiner Hexenkraft glaubte ich nicht, dass dieser Wettkampf lange dauern würde.

Ich merkte, dass er mit mir spielte. Wenn sein Herr dieses Gefecht beobachtete, wollte er ihm vermutlich ein wenig Unterhaltung bieten. Und das machte mich einfach wütend.

„Ich wollte dich nicht herausfordern", rief ich in Richtung Mond. „Du solltest mir noch eine Chance geben."

„Das hier ist deine Chance", sagte mein Gegner.

Danach hatte ich keine Zeit mehr zum Diskutieren, ich musste mich konzentrieren. Ich parierte und stach zu, dabei hätte ich vor dem heutigen Abend nie geahnt, dass ich parieren oder zustoßen konnte. Die stählerne Kraft in meinem Arm fühlte sich irgendwie wie eine Verlängerung von mir an. Ich war zwar nicht sehr gut, hielt ihn aber zwei oder drei Mal davon ab, mich zu töten. Mein Problem war, dass ich nicht in der Lage zu sein schien, einen Vorteil zu erzielen. Mein Arm wurde bereits müde. Ich musste etwas tun.

Vielleicht gab es eine Hexe in der Nähe, die mich hören konnte? Ich schrie: „Hilfe! So helfe mir doch jemand!"

Das brachte den Mann vor mir zum Kichern. „Wir sind ziemlich isoliert, falls es dir noch nicht aufgefallen ist."

Aber mein Gehör war ausgezeichnet. War das nicht das dumpfe Klappern von Hufeisen?

Vielleicht war eine Hexe, oder ein Hexer, auf dem Weg. Schon der Gedanke an mögliche Unterstützung gab mir einen Energieschub. Ich rannte die Treppe hinter mir hoch – diesen Schachzug hatte ich bestimmt aus einem Film. Er lachte und zeigte dabei seine geraden, weißen Zähne, dann folgte er mir nach oben. Genau wie im Film trat ich mit meinem gestiefelten Fuß nach ihm, um ihn wieder die Treppe hinunterzustoßen. Anders als im Film packte er meinen Fuß. Gleich würde ich stolpern. Wenn ich mir nicht das Genick brach, würde er mich wahrscheinlich mit dem Schwert erledigen – da erklang eine andere Stimme.

„Lass die Dame los!"

KAPITEL 5

*A*ls diese Worte ertönten, drehten wir uns beide um. Noch ein Mann war erschienen. Er war groß, blond und attraktiv. Kein Hexer, da war ich mir sicher, aber es war der schönste Anblick, den ich mir hätte vorstellen können.

Er trug ähnliche Kleidung wie der Mann, der mich umbringen wollte. Aber er war größer und breiter. Das Mondlicht fiel auf ein blasses Gesicht und durchdringende blaue Augen. Er zog seinen Mantel und seine Handschuhe aus.

Der Kerl, der mich töten wollte, ließ meinen Fuß los. „Das geht dich nichts an, Lochlan Balfour."

„Da irrst du dich. Du befindest dich auf meinem Land. Den Mord an Frauen nehme ich nicht hin." Er zog sein eigenes Schwert heraus.

Lässig trabte der Mann in Schwarz wieder die Treppe hinunter. „Geh zurück in dein Reich oder nimm die Konsequenzen in Kauf."

Der meiner Ansicht nach tollste Typ der Welt lachte. Es

war kein heiteres Lachen. „Ich bin untot. Du hast keine Macht über mich."

Ein weiterer Donnerschlag ertönte am Himmel, und der Kerl in Schwarz, der das Geräusch vermutlich als Anweisung seines Chefs verstand, stürzte sich auf den großen Mann, den er Lochlan Balfour nannte. Stahl traf auf Stahl, als die beiden mit Vehemenz kämpften. Ich hatte noch nie in meinem Leben ein echtes Duell gesehen. Es war elegant und rabiat und gnadenlos. Brutal und präzise zugleich. Stahl klirrte, und ich konnte hören, wie ihre Stiefel über den Stein streiften. Ich dehnte meinen Arm. Dankbar für die Pause, setzte ich mich auf die Treppe, als wäre sie eine Tribüne, von der aus ich ein Eishockeyspiel verfolgte.

Moment! Was machte ich denn da? Ich war doch keine Jungfrau in Nöten, die gerettet werden musste. Dass ich aus voller Kehle „Hilfe, so helfe mir doch jemand" geschrien hatte, hätte natürlich jeden zu diesem Irrglauben verleiten können. Das Problem war nur: Wenn dieser große, blonde Held den Handlanger des Todes ausgeschaltet hatte, würde dieser nur einen weiteren schicken. Ich würde diese Schlacht selbst zu Ende führen müssen.

Widerwillig ergriff ich wieder meinen Degen und stürzte mich ins Gefecht.

Der blonde Mann sah mich kommen und hielt seine freie Hand hoch. „Mistress, erlauben Sie mir, diesen Straßenköter zu erledigen."

„Das würde ich nur zu gern, aber ich muss es selbst tun. Wenn Sie ihn töten, wird einfach der nächste zu mir geschickt."

Stahl traf auf Stahl. Es beeindruckte mich, dass er ein

Gespräch mit mir führen und gleichzeitig ein Duell mit dem Typen in Schwarz austragen konnte.

„Sie hat recht", sagte sein Gegner, der heftig schwitzte und schwer atmete. Der blonde Riese atmete überhaupt nicht schwer. Er sah aus, als könnte er sich den ganzen Tag duellieren und dann einen Marathon laufen.

Wer war er bloß?

Er sah mich an und wirkte verwirrt. „Haben Sie die Kraft und das nötige Können, um Ihren Angreifer auszuschalten?"

„Nein."

Seine Augen richteten sich auf mich und funkelten plötzlich vor Erheiterung. „Dann haben wir ein Problem."

Ein Meister der Untertreibung. „Und ob. Vielleicht könnten Sie mich anleiten?", schlug ich vor.

„Während Sie sich duellieren?", fragte er.

Als hätte er genug von diesem Hin und Her, stürzte sich der Mann in Schwarz plötzlich auf mich. In einem Moment der Unachtsamkeit sah der Mann namens Lochlan Balfour nicht ihn, sondern mich an. Ich sah die Bewegung nur aus dem Augenwinkel, aber ich drehte mich um, schloss die Augen und stieß den Degen so fest ich konnte nach vorne.

Niemand war überraschter als ich, als ich die Klinge eindringen spürte. Der Handlanger des Todes schlug um sich und versuchte, mich zu erwischen, während er zu Boden ging. Seine scharfe Klinge streifte mein Handgelenk nur leicht, dann ertönte ein weiterer Donnerschlag, ein Blitz schlug ein, und schon blieb von ihm nur noch eine Rauchwolke.

Mein Gefährte wandte sich mir zu. „Das war außerordentlich gut", sagte er bewundernd.

Ich streckte meinen Arm mit dem Schwert aus. „Anfängerglück, glauben Sie mir."

„Erlauben Sie mir, mich vorzustellen. Ich bin Lochlan Balfour." Er verbeugte sich förmlich vor mir.

„Ich bin Quinn Callaghan. Und ich weiß es wirklich zu schätzen, dass Sie vorbeigekommen sind, als Sie meine Hilferufe gehört haben."

„Mistress Callaghan, es war mir ein Vergnügen." Dann kam er näher. Seine Nasenflügel bebten, und einen schrecklichen Moment lang spürte ich etwas Wildes und Animalisches in ihm. Er machte einen hastigen Schritt nach vorne und sagte dann: „Sie bluten!"

Ich hob meine linke Hand und sah, dass er recht hatte. An meinem Handgelenk klaffte eine tiefe Schnittwunde, aus der Blut tropfte. Doch ich war noch glimpflich davongekommen, schließlich hätte ich auch aufgespießt werden können.

„Wir müssen die Blutung stoppen", sagte er und hatte sichtlich Mühe, ruhig zu bleiben.

„Es ist nur eine Fleischwunde", sagte ich. Nie im Leben hätte ich gedacht, dass ich einmal diese Worte aussprechen würde.

Aber da griff er schon nach einem Taschentuch aus Leinen, das viel größer war als alles, was ich je gesehen hatte. Er band es mir um das Handgelenk und verknotete es fest.

„Und jetzt muss ich Sie verlassen." Er wirkte immer noch etwas nervös, was seltsam war, wo er doch vorher so ruhig gewesen war.

„Okay. Nochmals vielen Dank." Bevor er ging, nahm er meine rechte Hand in seine und küsste sie.

„Ich hoffe, wir sehen uns wieder."

Falls ich keine Zeitreise machen würde, bezweifelte ich

das stark. Dennoch kam es mir unhöflich vor, nicht zu sagen: „Ich auch."

Und dann schritt er hinaus. Eine Minute später hörte ich das Klappern von davongaloppierenden Pferdehufen.

Nun stand ich ganz allein in einer Burgruine da und fragte mich, was um alles in der Welt ich tun sollte.

Ich blickte mit weit ausgestreckten Armen zum Himmel. „Okay. Die Show ist vorbei."

Ein Donnerschlag ließ mich zusammenzucken. Ich öffnete die Augen. Ich hatte dieses seltsame Gefühl, nicht zu wissen, wo ich mich befand. Mein Zimmer fühlte sich fremd an. Ich schaute instinktiv auf den Radiowecker neben meinem Bett, und die digitale Leuchtanzeige besagte, dass es 5:14 Uhr war. Ich stöhnte und kuschelte mich wieder in mein bequemes Bett. Irgendwie war mir die Decke weggerutscht und ich fror. Ich schlief immer mit leicht geöffnetem Fenster, und in der Nacht hatte sich offensichtlich ein Sturm zusammengebraut. Ich war zu faul, um aufzustehen und das Fenster zu schließen, also zog ich einfach die Bettdecke höher und schlief wieder ein.

ICH BRAUCHTE EINE WEILE, um aufzuwachen. Es war noch sehr früh, aber ich konnte nicht mehr schlafen. Ich stand auf und tapste in die Küche, um Kaffee aufzusetzen. In der Nacht hatte ich einen ganz seltsamen Traum gehabt. Einen von denen, die noch etwas verschwommen sind und die man sich im Einzelnen aufschreiben sollte, bevor man sie vergisst. Ich streckte die Hand aus, um die Kaffeekanne aufzusetzen und spürte dabei einen stechenden Schmerz im linken Handgelenk. Noch ganz benommen vom Schlaf sah ich an mir herunter und bemerkte ein Taschentuch, das um mein Handgelenk gebunden war. Ich sah einen rostroten Fleck, wo ein wenig Blut durchgesickert war. Und während ich so dastand, wurde mir am ganzen Körper kalt. Der „Traum" kam wie eine eiskalte Welle zu mir zurück und schwappte mir ins Gesicht.

Es war kein Traum. Wenn ich geblutet hatte, dann war ich auf irgendeine Weise tatsächlich in dieser Burgruine gewesen und hatte – gegen wen genau? – gekämpft. Gegen einen Angestellten des Todes? Ich hatte um mein Leben gekämpft. Und dann war mir dieser hinreißende Typ, der mit seinen eisblauen Augen und seinem blonden Haar wie ein Wikinger aussah, hoch zu Ross zu Hilfe geritten. Ich erinnerte mich an das Geräusch der stampfenden Hufe und daran, wie ritterlich er versucht hatte, mir das Leben zu retten. Das um mein Handgelenk gewickelte Taschentuch war seins. Ich berührte es behutsam. Ich glaubte nicht, dass wir uns in der Gegenwart befunden hatten – wahrscheinlich waren wir in einer Art Reich gewesen, in dem die Zeit keine Rolle spielte.

Ich musste zur Arbeit, aber andererseits musste ich mir auch einen Moment Zeit nehmen und aufschreiben, woran ich mich erinnerte. Ich ging nach oben, um zu duschen und meine Wunde zu säubern. Als ich anfing, mein Bett zu machen, wurde meine Aufmerksamkeit von einem Band geweckt, das unter dem Kissen hervorlugte, und dann durchströmte mich heiße Wut. Diana. Diana und ihr Säckchen, das mir *was* bescheren sollte? Schöne Träume? Sie musste ihre Finger im Spiel haben. Arbeitete sie mit dem Tod zusammen, um mich loszuwerden?

Sie war meine Freundin gewesen. Jetzt fiel mir noch

etwas anderes ein. Der Kerl, der gegen mich gekämpft hatte, hatte mir gesagt, dass meine Schwester eine Chance für mich ausgehandelt habe. Diana musste gewusst haben, dass sie mich in den Tod schicken würde.

Ich wusste gar nicht, was ich tun sollte, so wütend war ich. Ich beschloss, vorerst nichts zu unternehmen. Ich würde wie immer zur Arbeit gehen. Es war nicht leicht, mich zu konzentrieren, aber ich tat mein Bestes. Die Arbeit einer Rechtsbibliothekarin besteht hauptsächlich aus Recherchen, und da niemand etwas Dringendes brauchte, konnte ich so tun, als würde ich arbeiten, während ich mit meinen Gedanken woanders war.

Gegen zehn Uhr morgens erhielt ich eine Textnachricht von Diana. „Wie geht es dir?"

Ernsthaft?

Ich ignorierte sie eine Stunde lang, dann schrieb ich zurück: „Nicht tot. Überrascht?" Und dann schaltete ich mein Telefon aus.

KAPITEL 6

*A*m Ende des Tages schaltete ich mein Telefon wieder ein und erhielt eine Reihe von Nachrichten. Drei Anrufe von Diana, die ich ignorierte, und einen von Jane Eddingtons Ehemann. Ich rief ihn zurück, weil ich mich fragte, ob es wohl Neuigkeiten zum Tod seiner Frau gab, aber überraschenderweise erzählte er mir, dass der Buchclub Jane so viel bedeutet habe und er sich wünsche, dass sich jede von uns ein Andenken aussuche. „Ich dachte, dir würde vielleicht eines der Bücher aus ihrer umfangreichen Bibliothek gefallen."

Angesichts des Lesegeschmacks von Jane Eddington war ich mir ziemlich sicher, dass ich nichts aus ihrer Bibliothek haben wollte. Aber ich wusste seine Aufmerksamkeit zu schätzen.

„Hat man dir irgendetwas darüber gesagt, wie sie gestorben ist?", fragte ich.

„Nein. Es werden immer noch Untersuchungen vorgenommen. Ich weiß nicht, was das heißen soll. Es ist doch offensichtlich, dass sie einen Herzinfarkt oder ein Aneurysma oder so etwas hatte. Ich weiß nicht genau, worauf wir noch warten."

Ich eventuell schon, dachte ich. Ich sagte ihm, dass ich mich darum kümmern würde, die anderen Mitglieder des Buchclubs einzuberufen, und bedankte mich bei ihm. Noch einmal durchlebte ich den Moment, in dem sie umgekippt war, und begann, mir Gedanken über den Ehemann zu machen. Angesichts der Art, wie sie über ihren Literaturkreis geherrscht hatte, fragte ich mich, wie es wohl gewesen war, mit ihr verheiratet zu sein. Hatte der Pantoffelheld die Nase voll gehabt?

Während ich die von Bäumen gesäumte Straße zu meinem Haus entlangging, dachte ich über den Tod nach. Es wurde langsam Abend, und ich bemerkte die Gestalt, die auf dem Gehweg davor unter einem Baum stand, erst, als sie hervortrat. Ich hätte mich fast zu Tode erschreckt.

„Quinn Callahan. Ich wollte Sie nicht erschrecken!"

Wenn es mich verblüfft hatte, ganz unerwartet die Bewegung eines Mannes zu sehen, so traf mich jetzt, als ich ihn erkannte, geradezu der Schlag. Diesen Mann hatte ich erst vor Kurzem gesehen, allerdings in meinen Träumen. Es war der große, blonde Mann, der gekommen war, als ich um Hilfe gerufen hatte.

„Lochlan Balfour?" fragte ich mit zitternder Stimme.

„Sie brauchen keine Angst zu haben. Ich tue Ihnen nichts."

„Sind Sie echt?" Ich ohrfeigte mich, um zu sehen, ob ich wach war, und erhielt die Bestätigung. „Autsch. Das letzte Mal, als ich Sie gesehen habe, habe ich gerade geträumt."

42

Er hob seine Hand und bewegte sie hin und her. „Nicht ganz. Unsere Auffassungen von Zeit und Realität sind etwas unterschiedlich."

„Aber Sie haben Kleidung aus irgendeinem früheren Jahrhundert getragen."

„Ich bin älter als ich aussehe."

Ich dachte an das zurück, was er gestern Abend gesagt hatte. „Sind Sie untot?"

„Macht Ihnen das Angst?"

Ich war eine Hexe. Wie konnte ich mich da vor einem Vampir fürchten? Und dann erinnerte ich mich daran, wie er reagiert hatte, als das Blut von meinem Handgelenk getropft war. Kein Wunder, dass er plötzlich nervös geworden war. Bestimmt hatte ich wie ein Abendessen gerochen. Ich musste ihm zugutehalten, dass er nicht geblieben war, um eine ganze Mahlzeit zu genießen. Er hatte sich ziemlich schnell davongemacht. Instinktiv warf ich einen Blick auf mein Handgelenk, aber die Wunde war bereits zugewachsen und verschorft.

Er folgte meinem Blick und deutete ein Lächeln an. „Bei mir sind Sie sicher. Die heutige Zeit ist für meinesgleichen viel einfacher."

Einen Moment lang war ich verwirrt, dann nickte ich. „Okay. Der medizinische Fortschritt. Blutbanken."

„Ganz genau!"

Zum gefühlt hundertsten Mal innerhalb weniger Tage fragte ich einen Mann: „Was machen Sie hier?"

Ich hoffte inständig, dass er nicht vorhatte, mich umzubringen, denn ich hatte wirklich nicht mehr viel Kampfgeist übrig.

„Ich habe mir Sorgen um Sie gemacht. Ich bin mir nicht sicher, ob ich Ihnen einen Gefallen getan habe, als ich mich für Sie eingesetzt habe. Als Sterblicher habe ich zu Zeiten des Rittertums gelebt. Es ist schwer, mit gewissen Gewohnheiten zu brechen."

„Wenn es nach mir geht, sollten Sie niemals damit brechen. Schließlich haben Sie mich gerettet. Hätten Sie mir keine Verschnaufpause verschafft und mir dann geholfen, den Kerl zu töten, wäre ich erledigt gewesen."

„Sie haben die Kreatur umgebracht, die damit beauftragt wurde, Sie in den Tod zu schicken."

Aber zwischen seinen Augenbrauen war immer noch ein besorgtes Stirnrunzeln zu sehen.

„Glauben Sie, dass er noch einmal versuchen wird, mich zu holen?"

„Der Tod ist nicht gerade ein großzügiger Gegner. Wenn Sie es mir erlauben, werde ich so lange im Hintergrund bleiben, bis wir uns Ihrer Sicherheit gewiss sind."

„Warum sollten Sie das tun? Sie kennen mich ja nicht einmal."

Er schüttelte den Kopf. „In meinem langen Dasein habe ich herausgefunden, dass wir enger miteinander verbunden sind, als wir denken."

Ich schaute die Straße hinauf und hinunter, aber außer einem Hundesitter einen Block weiter schien niemand in der Nähe zu sein. „Es wird kalt hier draußen. Kommen Sie doch herein, dann können wir noch ein bisschen darüber reden."

„Es ist sehr großzügig von Ihnen, mich in Ihr Haus einzuladen." Und dann erinnerte ich mich an den Volksglauben, dass Vampire ein Haus nicht betreten können, wenn man sie nicht hereinbittet. Ich blieb standhaft, fragte jedoch:

„Sie werden doch wohl keine Mahlzeit aus mir machen, oder?"

Er richtete sich zu seiner vollen, beeindruckenden Größe auf und sah mich mit ziemlich eisigem Blick an. „Ich bin ein Mann, der zu seinem Wort steht."

„Dann kommen Sie herein!"

Ich schloss die Tür auf und ließ ihn herein. Eigentlich hatte ich keine Ahnung, welches Protokoll man einhalten musste, wenn man einen Vampir zu sich einlud. „Nehmen Sie doch Platz!"

„Danke!"

Ich schaltete eine Lampe ein und führte ihn ins Wohnzimmer, wo er wartete, bis ich Platz genommen hatte, bevor er sich selbst setzte. Was für Manieren! Er trug eine Designerjeans und eine Tweedjacke über einem schwarzen T-Shirt. Er sah aus wie ein äußerst attraktiver Geschäftsmann aus Seattle. Ein bisschen wie ein Wikinger, aber sein Akzent klang britisch.

„Woher kommen Sie?", fragte ich ihn.

„Ursprünglich aus Irland. Und dort habe ich immer noch geschäftlich zu tun. Ich verbringe einen großen Teil meiner Zeit in Irland. Aber auch hier. Ich beschäftige mich mit Technologie und bin daher oft in Seattle."

Ich machte große Augen. „Sie sind *der* Lochlan Balfour?"

„Ja."

Lochlan Balfour hatte ein Technologie-Start-up-Unternehmen gegründet, das ihm einige Milliarden eingebracht hatte. Unter anderem war seine Firma im Bereich Internetsicherheit tätig. Obwohl sein Name sehr bekannt war, lebte er selbst sehr zurückgezogen. Jetzt wusste ich warum.

„Hören Sie, heute war wirklich ein anstrengender Tag.

Ich mache eine Flasche Rotwein auf. Darf ich Ihnen ein Glas anbieten?"

„Dafür wäre ich Ihnen sehr dankbar."

Okay, Rotwein trank er also. Ich wollte nicht nachbohren, aber wenn er etwas anderes wollte, würde er es mir sagen müssen.

Ich holte den Wein und griff instinktiv zu einer meiner besseren Flaschen. Ein Mann, der sich so kleidete, ließ es sich im Leben bestimmt gut gehen.

„Auf Ihr Wohl", sagte ich und hob mein Glas.

„Und auf Ihres", sagte er, wobei ein Funkeln der Erheiterung in seine Augen trat.

Ach ja. Mein Wohlergehen war im Moment viel gefährdeter, da es an mein Überleben gebunden war. Er hingegen war ziemlich kugelsicher.

Er streckte seine langen Beine aus und betrachtete mich. „Darf ich fragen, was Sie getan haben, um den Tod zu verärgern?"

Seltsamerweise war es schön, meine Geschichte mit jemandem teilen zu können, der mich überhaupt nicht kannte. Mit jemandem, auf den ich in einer schwierigen Situation zählen konnte. Außerdem schien er ehrlich interessiert zu sein, und so erzählte ich ihm alles. Dass ich versucht hatte, mit Hilfe von Magie das Leben meines Ex-Mannes in die Länge zu ziehen, dass mein Hexenzirkel jetzt wütend auf mich war und dass ich nicht sicher war, ob ich wirklich aus dem Schneider war.

Mein Handy benachrichtigte mich über eine eingehende Mitteilung und ich sah, dass sie von Maya, der Ärztin unseres Buchclubs, stammte. Darin stand: *Wir sollten einen Moment für ein gemeinsames Treffen finden, um Jane die letzte Ehre zu erweisen.*

„Was ist los?", fragte Lochlan und musterte mein Gesicht. „Sie sehen besorgt aus."

Ach, zum Teufel nochmal! Wenn ich ihm schon alles andere erzählt hatte, warum dann nicht das?

„In unserem Buchclub ist eine Frau vor meinen Augen gestorben." Dann zögerte ich. „Wahrscheinlich wissen Sie nicht einmal, was ein Buchclub ist."

Erneut trat die kühle Heiterkeit in sein Gesicht. „Und ob. Ich bin selbst in einem Buchclub, um genau zu sein. In der Stadt Ballydehag in Irland."

Und ich hatte so vorschnell mein Urteil gefällt. „Bitte entschuldigen Sie. Nun, eine Frau aus unserem Buchclub ist bei unserem Treffen in ihrem Haus tot umgefallen. Ich glaube, sie könnte vergiftet worden sein. Und ich bin mir ziemlich sicher, dass der Schuldige entweder ihr Mann oder ein anderes Mitglied unseres Literaturkreises ist."

Ich hatte ihn nicht für besonders entspannt gehalten, aber jetzt erkannte ich, dass er es gewesen war, weil er auf einmal so aufmerksam wurde. „Wie sah es aus, als sie gestorben ist?" Als ich die Stirn runzelte, sagte er: „Ich habe schon viele Menschen sterben sehen." Er zuckte leicht zusammen. „Manchmal war ich auch der Grund dafür."

Das wollte ich gar nicht genauer erfahren. Ich beschrieb genau, was ich gesehen hatte, soweit ich mich erinnern konnte.

„Das klingt wirklich wie Gift. Aber es hätte auch eine Allergie sein können. Auch ein natürliches Gift. Hat sie etwas gegessen oder getrunken?"

Mir blieb die Luft weg. „Die Pilze."

Er nickte langsam. „Es gibt viele tödliche Pilze, vor denen man sich in Acht nehmen muss."

„Eine der Frauen war so stolz. Sie hat Polenta mit Waldpilzen mitgebracht und uns erzählt, dass sie die Pilze selbst gesammelt hat." Ich starrte ihn an. „Könnte das die Ursache sein?"

„Natürlich. Aber dann würde es sich doch um eine versehentliche Vergiftung handeln, oder?"

Ich fühlte mich zutiefst erleichtert. „Stimmt. Und in diesem Fall müsste ich mir keine Sorgen machen, dass einer meiner Freunde ein Mörder ist."

„Und sie war die Einzige, die diese Pilze gegessen hat?"

Und schon ging meine Theorie zu Bruch wie ein zartes Kristallglas, das auf den Boden fiel. Ich schüttelte den Kopf. „Ich habe die Pilze auch gegessen, und mir ist nichts passiert."

Er sagte: „Wenn Ihre Freundin vergiftet wurde, dann mit etwas, von dem der Mörder wusste, dass nur sie es zu sich nehmen würde. Oder er hatte Zugriff zu ihrem Essen, Trinken oder ihren Medikamenten."

„Das trifft auf Ihren Mann zu." Ich wusste nicht einmal, ob das Opfer Medikamente nahm. Und dann verschlug es mir wieder den Atem. „Der Scotch."

„Scotch Whisky?"

„Wir haben alle Wein getrunken, aber Jane Eddington trank immer nur Scotch. Und sie bewahrte ihn in einer Karaffe aus geschliffenem Kristall auf." Ich schaute ihn an. „Glauben Sie, dass sie auf diese Weise getötet wurde?"

„Ich denke, es wäre eine ausgezeichnete Idee, den Inhalt dieser Karaffe zu untersuchen."

„Aber das würde die Anzahl der Verdächtigen nicht eingrenzen."

„Nein. Dafür müssten Sie eine Falle aufstellen."

„Ja", sagte ich und wurde plötzlich von Energie und Entschlossenheit gepackt. „Ja, eine Falle ist genau das, was wir brauchen, und ich glaube, ich weiß, wie wir sie stellen können."

Ich erzählte ihm, dass Janes Ehemann uns alle zu sich nach Hause eingeladen hatte, um uns ein Buch auszusuchen, das uns an Jane erinnern sollte. „Wie wäre es, wenn ich vorschlage, dass wir uns ein letztes Mal alle zusammen dort treffen? Ich bin mir sicher, dass ihr Mann einwilligen würde. Dann schlage ich vor, dass wir alle auf Jane anstoßen – mit ihrem eigenen Scotch." Ich begeisterte mich immer mehr für diese Idee. „Und dann werden wir wissen, wer der Mörder ist, weil er derjenige sein wird, der sich weigert zu trinken."

„Es sei denn, er hat den vergifteten Scotch bereits entsorgt."

Was für ein Spielverderber. „Der Plan ist nicht perfekt, aber etwas Besseres fällt mir nicht ein."

„Wer kommt Ihrer Meinung nach am ehesten als Mörder in Frage?"

„Keiner. Ich bin mit allen befreundet."

„Erzählen Sie mir davon, was sie über diese Leute und deren Beziehung zu der Toten wissen."

Ich ordnete meine Gedanken. „Sie ist seit ..." – ich rechnete schnell nach – „bestimmt vierzig Jahren mit Ronald verheiratet. Irgendwie schien er Angst vor ihr zu haben, aber ich glaube, sie waren schon glücklich miteinander."

„Manch ein unglücklicher Ehepartner entledigt sich

heimlich des anderen. Wir sollten den Ehemann nicht außer Acht lassen. Reden Sie weiter!"

„Maya ist Ärztin. Sie kommt schon länger in den Buchclub als ich, und ich bin seit sieben Jahren Mitglied. Sie sind Nachbarinnen." Ich schluckte. „Es war Maya, die gesagt hat, dass sie ein Hirnaneurysma vermutet. Und es war auch Maya, die die Pilze gesammelt hat."

Er saß schweigend da, hörte aufmerksam zu, und ich konnte sehen, dass er sich die Einzelheiten durch den Kopf gehen ließ. Er sagte: „Aber Sie haben gesagt, dass Jane nicht die Einzige war, die die Pilze gegessen hat. Sie selbst haben sie auch gegessen."

„Ja", antwortete ich und beugte mich vor. „Aber bedenken Sie, dass sie Ärztin ist. Was wäre, wenn sie einen Giftpilz unter die harmlosen Pilze gemischt und dafür gesorgt hätte, dass Jane ihn bekommt? Es würde nach einem Unfall aussehen. Das passiert schließlich jedes Jahr. Pilzsammler verwechseln giftige mit essbaren Pilzen."

„Aber warum sollte sie ihre Freundin umbringen?"

„Das weiß ich nicht."

„Wer war sonst noch da?"

„Kanako hat das Sushi mitgebracht. Sie ist Grafikerin, Ende fünfzig, Anfang sechzig. Ich glaube, sie wurde von Maya in die Gruppe gebracht. Sie sind befreundet."

„Fällt Ihnen ein Grund ein, warum sie Jane Eddington töten sollte?"

„Sie hatte genauso wenig Grund dazu wie alle anderen." Und dann fiel mir etwas ein. „Nachdem wir an dem Abend alle zusammen das Haus verlassen hatten, ist sie noch einmal zurückgegangen. Sie hat gesagt, sie hätte ihr Telefon vergessen, was wahrscheinlich stimmte, weil wir ziemlich aufgewühlt waren. Und sie war diejenige, die den Notruf gewählt hatte, also kann es schon sein, dass sie ihr Telefon versehentlich auf dem Boden hat liegen lassen."

„Oder sie ist zurückgegangen, um das Gift wegzuschütten."

Wodurch sie unsere Falle entschärft hätte.

„Wer noch?"

„Frances kennt Ronald und Jane schon länger als wir anderen. Sie und Jane haben an der Universität zusammengearbeitet. Jane war ihre Chefin. Selbst jetzt, wo sie als Universitätsprofessorinnen im Ruhestand eigentlich gleichgestellt sind, hat Jane sie immer noch wie eine Untergebene behandelt."

„Sie sagen, sie kennt die beiden schon lange? Ist sie verheiratet?"

„Ich bin mir nicht sicher, ob sie je geheiratet hat."

„Vielleicht würde es sich lohnen, mal nachzuforschen? Erweckt sie vielleicht den Anschein, dass sie den Ehemann zu sehr mag?"

Ich versuchte, mich sehr genau an frühere Treffen des Buchclubs zurückzuerinnern, aber Ronald hatte nie an unserer Diskussion teilnehmen dürfen. Immer hatte er nur das Essen bereitgestellt und den Wein nachgeschenkt. Ich schüttelte den Kopf. „Normalerweise ist Kanako diejenige, die Ronald mit dem Essen hilft. Wenn jemand in ihn verknallt wäre, hätte ich gesagt, dass sie es ist. Und sie ist geschieden."

Sein durchdringender Blick war auf meine Augen gerichtet. „Und sie ist ins Haus zurückgekehrt."

„Das einzige andere Mitglied im Buchclub ist Kimberlee. Sie ist Mitte zwanzig und hat Jane vergöttert. Sie arbeitet gerade an ihrer Doktorarbeit. Ich kann mir nicht vorstellen, warum sie ihre Mentorin hätte ermorden sollen."

„Studenten können sehr sensibel sein. Wenn diese Frau so hart ist, wie Sie sagen, hat sie vielleicht etwas Unfreundliches über die Doktorarbeit ihres Schützlings gesagt?"

Oh, er war gut. Daran hatte ich gar nicht gedacht. Aber Jane hatte schon den Eindruck vermittelt, dass sie jemand war, der lieber hart und ehrlich als diplomatisch war.

„Und dann bin da noch ich. Ursprünglich dachte ich, ihr Tod wäre meine Schuld, weil ich glaubte, Arthur hätte sich eingemischt, aber er schwört, dass er seine Finger nicht im Spiel hat – was bedeutet, dass ich nichts mit ihrem Tod zu tun hatte."

„Ich freue mich sehr, das zu hören."

Plötzlich war ich voller Entschlossenheit. Vielleicht wollte ich das Unrecht, das ich begangen hatte, als ich das Leben meines Ex-Mannes verlängert hatte, wieder gutmachen, indem ich den Mord an einer unschuldigen Frau aufklärte. Was auch immer der Grund war, ich verspürte den Drang herauszufinden, was passiert war.

„Wir brauchen einen Plan", sagte ich. „Ich kann keinen vergifteten Scotch servieren. Der Mörder würde den zwar ablehnen, aber wie soll ich verhindern, dass die anderen ihn trinken? Ich will nicht auch die restlichen Mitglieder des Literaturkreises umbringen."

„Nein. Sie können andere nicht auf diese Weise in Gefahr bringen. Sie müssen die Karaffe gegen eine Imitation austauschen."

„Aber wie soll ich das anstellen?"

„Um diesen Teil kümmere ich mich an Ihrer Stelle." Er

lächelte schwach. „Ich bin drin und wieder draußen, bevor überhaupt jemand merkt, dass ich da gewesen bin."

„Also ist es nur ein Ammenmärchen, dass Sie hereingebeten werden müssen, um über die Türschwelle zu treten?"

Er schüttelte den Kopf und schloss die Augen mit einem Ausdruck abgrundtiefer Abscheu. „Was sich die Leute doch für einen Unsinn über unsereins ausdenken."

„Stimmt."

Zum Glück wusste ich genau, wie die Karaffe aussah, denn Jane hatte oft von ihrem antiken Waterford-Kristallglas geschwärmt. Die Karaffe stammte aus der Lismore-Kollektion, und nach einer kurzen Suche im Internet fand ich eine, die von einem Antiquitätengeschäft in der Nähe verkauft wurde. „Sehen Sie mal, hier ist sie. Lismore Whiskykaraffe. Das ist genau dieselbe wie die bei Jane."

„Ausgezeichnete Arbeit", sagte er, während er mir über die Schulter schaute.

„Wir müssen bis morgen warten, wenn das Geschäft wieder aufmacht, um sie zu besorgen", sagte ich.

Er sah mich an, als wäre ich nicht gerade die Hellste. „Bitte! Geben Sie mir einfach die Adresse."

Mir fiel die Kinnlade herunter. „Sie wollen sie stehlen?"

„Ich werfe einen Blick aufs Preisschild und lege das Geld in die Kasse, wenn Sie sich damit wohler fühlen."

„Viel wohler. Danke."

Ich hob meinen Blick zu ihm. „Sie könnten mir nicht zufällig noch eine Flasche Glenfiddich mitbringen, oder?"

„Betrachten Sie es als erledigt." Er sagte: „Ich habe jede Menge Kontakte, wie Sie sich vorstellen können. Ich sorge dafür, dass der ursprüngliche Scotch untersucht wird. Ich brauche auch die Adresse dieser Jane Eddington." Er holte ein viel schickeres Handy heraus als meins, und wir tauschten Telefonnummern aus. Was für ein moderner Vampir er doch war.

Er erhob sich, um zu gehen. „Ich rufe Sie morgen früh an."

„Wollen Sie etwa jetzt dort hingehen?"

Er lächelte mich kurz an. „Nachts arbeite ich am besten. Dieser Teil ist kein Ammenmärchen."

KAPITEL 7

aum war Lochlan Balfour gegangen, griff ich zum Telefon. Ronald klang dankbar, als ich vorschlug, dass sich die Gruppe am nächsten Abend bei ihm treffen solle. Obwohl ich mir gerade um ihn Sorgen gemacht hatte, sprach er sich voller Begeisterung für ein spontanes Treffen des Buchklubs in Janes Haus aus, um ihr die letzte Ehre zu erweisen und Abschied zu nehmen.

Alles andere war einfach. Ich rief die anderen Mitglieder des Buchclubs an, und die, die schon Pläne für den nächsten Abend hatten, sagten, sie würden ihr Programm ändern. Wir verabredeten uns für sieben Uhr abends. Zu dieser Zeit begann immer unsere Leserunde.

Ich war nervös. Und wenn ich mich irrte? Wenn Jane nicht auf diese Weise gestorben war? Und wenn der Mörder irgendwie mit dem Mord davonkam?

Oder vielleicht hatte sie tatsächlich einen Herzinfarkt oder ein Hirnaneurysma gehabt. Was auch immer die Polizei wusste, sie ließ nichts verlauten. In der heutigen Zeitung hatte ein Nachruf gestanden, mehr nicht.

Ich fuhr eine Viertelstunde früher zu Jane Eddingtons Haus. Lochlan hatte mich vorher angerufen und mir versichert, er habe die Karaffen ausgetauscht und dafür gesorgt, dass genauso viel Scotch darin enthalten war wie vorher. Das beruhigte mich. Ich wollte trotzdem früh dort sein, um mir einen Eindruck von der Stimmung zu verschaffen und mich zu vergewissern, dass ich wusste, wo die Scotch-Gläser standen.

Als ich mich der Haustür näherte, fiel mein Blick durch das Esszimmerfenster, und da sah ich Ronald. Vor ihm stand Kanako. Sie umarmten sich nicht, aber die Art, wie sie sich ansahen, sagte alles. Meine Kinnlade klappte nach unten. Nicht Frances war in Ronald Eddington verliebt gewesen war, sondern Kanako. Kanako, die wieder zurück ins Haus gelaufen war, nachdem wir alle gegangen waren. Um ihren Liebhaber zu trösten? Oder um die Beweise dafür zu beseitigen, dass sie seine Frau ermordet hatte?

Ich ließ ihnen einen Moment Zeit, sich vom Fenster zu entfernen, und klopfte dann an die Tür.

Ronald machte auf und sah etwas überrascht aus. „Quinn. Danke, dass du gekommen bist. Bist du zu früh oder bin ich zu spät dran?"

„Ich bin zu früh dran. Ich wollte dich fragen, wie es dir geht."

„Wie nett von dir." Er öffnete die Tür, und ich trat ein. Kanako kam aus dem Esszimmer.

„Wie lieb von dir, Quinn", sagte sie und strich sich eine lose Haarsträhne hinters Ohr. „Ich bin aus demselben Grund hier. Ich dachte, Ronald braucht vielleicht jemanden zum Reden."

Ronald sah aus, als wüsste er nicht, was er tun sollte.

„Möchtest du dir gleich eines von Janes Büchern aussuchen? Ich weiß, sie hätte gewollt, dass ihr alle etwas von ihr bekommt."

Kanako und ich wechselten einen Blick. Sie schaute mich mit reiner Freundlichkeit an, aber meine Gedanken überschlugen sich. Stand vor mir eine Mörderin?

Ich sagte: „Lasst uns doch warten, bis alle da sind."

„Gut. In Ordnung." Er führte uns in das Wohnzimmer, wo wir uns immer trafen, und etwas verlegen ließen wir uns alle drei nieder. Instinktiv wählte ich den gelben Samtsessel, auf dem ich bei unserem letzten Treffen gesessen hatte, und Kanako setzte sich auf die Couch. Ronald nahm auf der gegenüberliegenden Seite des Zimmers Platz. Janes Lieblingssessel blieb leer.

Zum Glück waren die anderen Frauen kurze Zeit später da. Und bevor Ronald alle in ihre Bibliothek bringen konnte, um uns dort ihre Bücher anzuschauen, ergriff ich das Wort. „Können wir uns kurz im Wohnzimmer zusammensetzen? Ich dachte, wir sollten ein paar Worte über unsere Freundin Jane sagen."

Wer sollte etwas dagegen haben? Alle marschierten ins Wohnzimmer und setzten sich.

Mein Herz hämmerte wie wild, aber ich schaffte es, meine Stimme ruhig zu halten.

Da es meine Idee gewesen war, ein paar Worte zu sagen, richteten sich natürlich alle Blicke auf mich. Ronald stand auf und sagte: „Sicher wollt ihr mich nicht dabeihaben. Ich gehe in die Küche und setze einen Kaffee auf."

„Nein", hielt ich ihn zurück. „Bitte! Wir möchten, dass du bleibst."

Er errötete leicht und setzte sich wieder hin.

Ich sagte: „Jane ist zwar nicht mehr unter uns, aber ich dachte, wir sollten reihum von einer kleinen Erinnerung an sie erzählen. Aber zuerst sollten wir auf sie anstoßen."

Ich ging zu der Vitrine, in der sie ihr Kristall aufbewahrte, und öffnete sie. Ich begann, Gläser herauszunehmen und eins vor jeden von uns zu stellen.

„Was machst du da?", fragte Kimberlee.

„Wir werden mit Janes Lieblingsscotch auf sie anstoßen." Meine Stimme klang so entschlossen, dass niemand widersprach. So weit, so gut. Als vor jedem ein Kristallglas stand, nahm ich die Karaffe in die Hand. Lochlan hatte perfekte Arbeit geleistet. Obwohl ich wusste, dass sie ausgetauscht worden war, sah sie sogar für mich identisch aus. Ich ging herum und goss großzügig ein paar Finger hoch in jedes Glas.

Niemand nahm seins in die Hand. Maya warf einen Blick auf den Scotch und schaute dann angewidert zu mir hoch. „Ich war noch nie jemand, der Scotch trinkt."

„Wir machen es für Jane", sagte ich. „Wo auch immer du bist, Jane, deine Geschichte hat ein viel zu frühes Ende genommen. Heute Abend erweisen wir dir unsere Ehre", und ich hob mein Glas und sagte: „Auf Jane", und dann sah ich mich um.

„Auf Jane", antworteten alle. Alles sah aus wie in Zeitlupe, als ich beobachtete, wie die Hände die Gläser näher an die Lippen führten. Würde der Mörder das Risiko eingehen, uns alle zu vergiften?

Ich schaute Kanako an. Sie schaute den Scotch an, als wollte sie ihn einmal quer durch den Raum werfen. Tränen traten in ihre Augen.

Kimberlee schnupperte an ihrem Getränk, als hätte sie noch nie einen Scotch probiert. Oder schnupperte sie, um festzustellen, ob in der Karaffe immer noch Gift war?

Maya verzog voller Abscheu das Gesicht und wartete offensichtlich darauf, dass die anderen den ersten Schritt machten.

Ronald starrte auf das Glas in seiner Hand und Tränen liefen über sein Gesicht.

Vielleicht hatte ich mich geirrt. Ich setzte das Glas an meine Unterlippe. Das torfige Scotch-Aroma stieg mir in die Nase, und ich wollte gerade anfangen zu trinken, als ein Geräusch die Luft zerriss.

„Nein! Stopp!"

Frances sprang auf. Sie war ganz rot im Gesicht. „Stell das Glas ab. Stellt alle eure Gläser ab."

Maya, ganz die Ärztin, stand auf und ging einen Schritt auf ihre Freundin zu, die aussah, als hätte sie einen Anfall.

„Frances, was ist los?"

Frances brach auf der Couch zusammen, Tränen liefen über ihr Gesicht. „Ich konnte es einfach nicht mehr ertragen. Dieser Scotch ist vergiftet. Ihr müsst ihn wegkippen. Wenn ihr ihn trinkt, werdet ihr sterben."

Inmitten der allgemeinen Aufregung und Fassungslosigkeit verschaffte ich mir Gehör. „Warum Frances? Warum hast du Jane Eddington getötet?"

Es war, als würde die Antwort aus den tiefsten Abgründen ihrer Seele geschleudert werden. „Ihr könnt euch das ja gar nicht vorstellen. Vierzig Jahre lang habe ich mit dieser Frau zusammengearbeitet. Ich war ihre beste Freundin. Und sie tat nichts anderes, als mich herabzusetzen und zu demütigen. Nicht einmal ein Buch für den Buchclub hat sie mich jemals auswählen lassen." Sie war ganz rot im Gesicht, als sie aufstand. „Ich konnte es einfach nicht mehr ertragen. Ich sagte mir, ich würde ihr noch eine Chance geben. Wenn sie mich nur eine einzige Geschichte für unsere Lektüre aussuchen ließe, würde ich sie leben lassen. Aber dazu war sie nicht in der Lage. Nicht einmal das konnte sie mir gönnen. Also habe ich ihren Scotch vergiftet."

Sie schaute uns alle an und schluchzte. „Aber ich wollte nie jemandem von euch etwas Böses. Auch dir nicht, Ronald. Jetzt bist du wenigstens frei, um Kanako zu heiraten."

Kanako und Ronald warfen sich einen Blick zu uns sahen dann Frances entsetzt an. „Woher wusstest du das?"

„Ich habe euch einmal erwischt, als ihr euch in der Küche geküsst habt. Ich hätte nie etwas gesagt. Ich war einfach froh, dass Ronald endlich glücklich sein konnte. Aber in gewisser Weise war es noch schlimmer. Bevor er sich in dich verliebt hat, wusste ich immer, dass er genauso übel dran war wie ich. Und als ich euch zwei dann zusammen sah, wusste ich, dass er nicht länger unglücklich war. Nur ich. Und so habe ich getan, was ich tun musste."

Ich hatte mich schon gefragt, ob sie versuchen würde zu flüchten, aber stattdessen sagte sie: „Natürlich gehe ich ins Gefängnis. Darf ich eines ihrer Bücher mitnehmen, um mich an sie zu erinnern?"

Ronald schien nicht zu wissen, was er sagen sollte, und nickte schließlich nur.

Während sie ihr Buch auswählte, kam die Polizei.

Maya schaute mich an. „Du hast das eingefädelt!"

Es hatte keinen Sinn, es abzustreiten. Schon bald würde ich der Polizei alles erzählen. Also nickte ich.

„Da bist du ja ein fürchterliches Risiko eingegangen. Was wäre, wenn einer oder eine von uns den Scotch getrunken hätte und gestorben wäre? Das wäre dann deine Schuld gewesen."

Ich schüttelte den Kopf. „Nein. Dazu wäre es nicht gekommen. Du kannst den Scotch trinken. Ich habe den echten versteckt." Dann ging ich zu dem Schrank, in dem Lochlan das vergiftete Getränk versteckt hatte, wie ich ihn gebeten hatte. Ich öffnete ihn und zeigte auf die Karaffe. „Da drin ist er."

Sie beruhigte sich. „Es tut mir leid, dass sie so sterben musste. Aber ich bin froh, dass du den Mord an ihr aufgeklärt hast."

Das war ich auch.

Viel später verließ ich das Haus von Jane Eddington zum letzten Mal. In meiner Tasche hatte ich einen Roman von ihr verstaut. Von Jane Austen. Es war einer meiner Lieblingsromane und eine Geschichte mit Happy End. Mir gefiel der Gedanke, dass Jane trotz ihrer Leidenschaft für Tod, Verzweiflung und Wahnsinn manchmal auch einem Happy End eine Chance geben konnte.

Aber würde ich auch eins bekommen?

Ich war noch nicht weit gekommen, als Lochlan Balfour neben mir auftauchte, was ich irgendwie schon erwartet hatte.

„Es ist alles genau nach Plan gelaufen", sagte ich. Als ich ihm erzählte, dass Frances ihre älteste Freundin getötet hatte, sah er nicht sehr überrascht aus. „Woher wussten Sie, dass sie es gewesen ist?"

„Ich hatte keine Gewissheit. Aber eines weiß ich über

NANCY WARREN

Mord, nämlich dass er selten ganz plötzlich passiert. Ein solcher Zorn kann sich jahrelang zusammenbrauen."

Ich ahnte, dass er in all den Jahrhunderten, die er schon auf der Welt war, eine gewisse Weisheit in Bezug auf die menschliche Natur entwickelt hatte.

„Bleiben Sie in der Gegend?", fragte ich ihn. Es schien mir nützlich, einen Typ wie ihn zu kennen.

Er schüttelte den Kopf. „Meine Arbeit hier wird sehr bald erledigt sein."

„Es tut mir leid, das zu hören. Ich habe mich gefreut, Sie kennenzulernen."

Er lächelte mich an. „Oh, wir werden uns bestimmt wiedersehen. Wahrscheinlich werden Ihre Hexenschwestern Ihnen selbst davon berichten wollen, aber die Vorsteherin Ihres Zirkels Diana und der Tod haben eine Abmachung getroffen. Sie müssen diesen Ort verlassen. Sie werden nach Irland verbannt."

Ich blieb stehen und musste mich am nächstbesten Zaun festhalten. „Verbannt? Nach Irland?"

„In ein Dorf namens Ballydehag. Ich wohne dort."

Eher würde ich toben wie ein Berserker, als dass ich mich auf so etwas einließe. Aber ich sagte ihm nicht, dass ich niemals in irgend so ein langweiliges Provinznest in Irland ziehen würde. Ich sagte nur: „Nun, da werden wir wohl viel zu besprechen haben."

Er schaute mich traurig an. Er streckte seine Hand aus und umfasste damit meinen Hinterkopf. Mit seiner anderen Hand hob er mein Kinn. Einen Moment lang dachte ich, er würde mich küssen, aber er sagte: „Leider werden Sie sich nicht an unsere Begegnung erinnern."

Ich war so fassungslos, dass ich ihm nur in seine eisblauen Augen starrte.

„Aber wir werden uns wiedersehen."

Vielen Dank, dass Sie *Die Grenzübertretungung* gelesen haben. Ich hoffe, Quinns Abenteuer hat Ihnen gefallen. Werfen Sie hier gleich noch einen Blick in den nächsten Krimi, *Der Buchclub der Vampire*.

Eine Nachricht von Nancy

Liebe Leser und Leserinnen,

Vielen Dank, dass Sie *Die Grenzübertretung*, das Prequel zum *Buchclub der Vampire*, gelesen haben. Ich hoffe, Sie hinterlassen eine Bewertung und empfehlen meine Romane auch anderen, die paranormale Frauenromane und Cozy-Krimis lieben.

Sie können gerne eine Rezension auf Amazon hinterlassen.

Bleiben wir in Kontakt, damit der Spaß nicht endet!

Melden Sie sich für meinen Newsletter an, um das kostenlose Prequel *Verwirrung und Verrat* zu erhalten, und erfahren Sie in dieser spannenden Geschichte, wie der umwerfende Rafe Crosyer aus der Serie *Der Strickclub der Vampire* in einen Vampir verwandelt wurde.

Ich hoffe, Sie in meiner privaten Facebook-Gruppe *Nancy Warren's Knitwits* begrüßen zu dürfen, wo der Spaß täglich weitergeht.

Bis zum nächsten Mal.
Viel Spaß beim Lesen,

Nancy

BÜCHER VON NANCY WARREN

Erfahren Sie mehr über neue Ausgaben und Sonderangebote in
Nancys Newsletter (auf Englisch) bei NancyWarrenAuthor.com
oder folgen Sie ihr auf Facebook auf
facebook.com/nancywarrenDeutsche

❦

Der Buchclub der Vampire

Die Grenzübertretung - Prequel

Der Buchclub der Vampire - Band 1

Hexenbuch und Todesfluch - Band 2

Ein Mordsmanuskript - Band 3

Ein trügerisches Bildnis - Band 4

Ein messerscharfer Klassiker - Band 5

❦

Der Strickclub der Vampire

Verwirrung und Verrat - Ein kostenloses Prequel für die
Abonnenten von Nancys Newsletter

Der Strickclub der Vampire - Band 1

Maschen und Magie - Band 2

Häkelei und Hexenkessel - Band 3

Zwirn und Zauber - Band 4

Lieblingspullis und Liebestränke - Band 5

~

Der Strickclub der Vampire: Cornwall

~

Der Blumenladen von Willow Waters

~

Das verwunschene Brautkleid

Eine Serie aus fünf romantischen Komödien über Frauen, die auf der Suche nach dem richtigen Kleid, den dazu passenden Schuhen und dem perfekten Mann sind.

Die Flucht der Braut - Buch 1

Die Braut aus zweiter Hand - Buch 2

Brautjungfer zu mieten - Buch 3

Ein Brautkleid zum Verlieben - Buch 4

Wenn das Kleid passt - Buch 5

∿

Die Oma

Das Jahr, in dem die Weihnachtsoma das Weite suchte

∿

Um eine vollständige Liste ihrer Bücher zu sehen, gehen Sie auf Nancys Website NancyWarrenAuthor.com

ÜBER DIE AUTORIN

Nancy Warren ist eine USA Today-Bestsellerautorin und hat mehr als 100 Romane geschrieben. Ursprünglich stammt sie aus Vancouver, Kanada, obwohl sie viel herumkommt und für einige Zeit auch in England, Italien und Kalifornien gelebt hat. Als sie in Oxford lebte, hat sie sich den *Strickclub der Vampire* ausgedacht. Zu ihren Lieblingsmomenten zählen die Tage, als sie die Antwort in einem Kreuzworträtsel der kanadischen Zeitung National Post war, als sie es mit ihrem Roman Speed Dating, dem Auftakt zur Buchreihe Harlequin's NASCAR, auf das Titelblatt der New York Times schaffte, und die drei Male, als sie für den RITA-Award, den bedeutenden Preis für englischsprachige Liebesromane, nominiert wurde. Ihren Master of Arts in Kreativem Schreiben hat sie an der Bath Spa University gemacht. Sie ist eine leidenschaftliche Wanderin, liebt Schokolade – und vor allem liebt sie es, wenn sie etwas von ihren Leserinnen und Lesern hört!

Die einfachste Weise, um mit ihr in Kontakt zu bleiben, ist, ihren Newsletter zu abonnieren: NancyWarrenAuthor.com oder www.facebook.com/groups/NancyWarrenKnitwits

Hier mehr zu Nancy und ihren Büchern
NancyWarrenAuthor.com

facebook.com/nancywarrenDeutsche

instagram.com/nancywarrenauthor

amazon.com/Nancy-Warren/e/B001H6NM5Q

goodreads.com/nancywarren

bookbub.com/authors/nancy-warren

www.ingramcontent.com/pod-product-compliance
Lightning Source LLC
Chambersburg PA
CBHW071200130626
46555CB00004B/1522